밥보다 일기

서민 교수의 매일 30분, 글 쓰는 힘

밥보다 일기

서민 교수의 매일 30분,
글 쓰는 힘

서민 지음

책밥상

일기 안 쓴 죄,
괴물 마태우스를 낳다

"사인 좀 부탁드립니다."

기생충을 주제로 한 강연을 마쳤을 때 한 남성이 책을 내밀며 사인을 요구했습니다. 그 책을 보자마자 저는 깜짝 놀랐습니다. 그가 가져온 책은 제 흑역사의 한 페이지를 차지한 《마태우스》였습니다. 아무 내용 없이 그저 웃겨 보려고 냈지만 아무도 웃기지 못했던 비련의 그 책 말입니다. 어디서 구했냐고 물었더니 대구의 한 헌책방에서 구했답니다. 제가 갖은 노력을 다해 절판시켰지만 책은 아직도 유통되고 있었던 겁니다. 그뿐이 아닙니다. 그 책은 인터넷에서 얼마든지 검색이 가능합니다. 말은 내뱉고 난 뒤 "그런 뜻이 아니었다."고 우기면 되지만 글은 잘못 쓰면 평생 남아 글쓴이를 괴롭히는 것이지요.

가끔 이런 생각을 했습니다. 나는 왜 저런 책밖에 쓰지 못했을까? 좀 더 잘 쓸 수는 없었을까? 글을 잘 쓰려고 읽어본 글쓰기 책들은 하나같이 말합니다. 글을 잘 쓰려면 매일, 조금씩 써야 한다고요. 매일 조금씩 쓰는 글의 대표적인 형태가 뭘까요? 그건 바로 '일기'였습니다. 그러니까 제가 학창시절부터 일기만 꼬박꼬박 썼다면 《마태우스》보다는 훨씬 근사한 책으로 데뷔를 했었겠지요. 돌이켜보면 제가 일기를 쓰지 않은 건 당시 일기를 왜 쓰는지 몰랐기 때문입니다. 초등학교 때야 숙제니까 억지로 썼지만 일기가 더 이상 의무가 아니게 된 중학교 때부터 서른 살이 되기 전까지는 단 한 번도 일기를 쓴 적이 없습니다. 당장은 편하고 좋았지만 그 편함은 훗날 《마태우스》라는 괴물을 낳게 되지요.

이 책을 쓴 건 제가 느끼는 아쉬움을 여러분들은 느끼지 않으시길 바라서입니다. 물론 이 책을 발판으로 마당이 있는 집을 사고픈 욕망도 있습니다만-제가 6마리의 강아지를 키우거든요.-그게 다는 아닙니다. 인생에서 글은 중요합니다. 자기소개서와 기획서, 보고서, 논문, 그리고 자서전까지, 여러분이 글을 써야 할 순간은 정말 많습니다. 그때마다 나는 왜 글을 못쓸까라며 머리를 쥐어뜯으실 겁니까?

분명히 말씀드립니다. 일기만 매일 쓴다면 더 이상 그럴 필요가 없습니다. 오히려 말로 할 수 있는 것도 굳이 글로 쓰겠다며 고집을 피울 수도 있겠지요. 좋아하는 이성을 편지로 사로잡는 장면을 떠올려 보십시오. 상상만으로도 얼마나 아름답습니까?

하지만 일기를 매일 쓰는 건 쉽지 않습니다. 시험 때라서, 술을 마셔서, 야근이라, 데이트가 있어서, 피곤해서 등등 일기를 쓰지 말아야 할 이유는 수도 없이 많은데 반해 일기를 꼭 써야 할 이유는 별로 없습니다. 그렇게 우리는 오늘 일기를 내일로 미루고, 내일 일기를 다음 달로 미룹니다. 이렇듯 게으름의 벽은 일기 쓰기의 욕망을 번번이 좌절시켰습니다.

하늘이 무너져도 솟아날 구멍이 있다고 하지 않았던가요? 여러분에겐 이 책 《밥보다 일기》가 있습니다. 일기만 쓰면 글도 잘 쓰게 되고 아무리 나쁜 사람도 개과천선하게 된다고 역설하는 이 책은 게으른 여러분을 물가로 끌고 가서 물을 먹게 해줄 것입니다.

이 책 원고를 출판사에 넘기고 난 뒤 편집본을 읽어보면서 저는 전율했습니다. 그리고 외쳤습니다.

"이건 일기 쓰기의 혁명이야!"

이 책을 읽고도 일기를 안 쓰는 건 도저히 가능해 보이지 않았습니다. 다음과 같은 장면을 상상해 봅니다.

직장인 A 밥 먹으러 가죠.

직장인 B 먼저 가세요. 전 일기 써야 해요.

직장인 A 아니 어쩌다가 일기를 안 쓰셨어요. 그렇게 안 봤는데…….

아이 엉엉엉.

지나가던 어른 아이야, 왜 우니?

아이 제가 어제 일기를 안 썼어요.

지나가던 어른 아니 그럴 수가! 이건 내가 도와줄 수 없구나.

물론 상상이긴 하지만 진짜 이런 세상이 온다면 우리나라는 지금보다 훨씬 더 좋은 나라가 될 거라고 확신합니다.

자, 여러분! 일기 쓰기의 세계로 들어갈 준비, 되셨나요?

이상고온과 싸우던 2018년 9월 서민

Part 1

글쓰기의 시작,
일기 쓰기입니다

글쓰기는
본능이에요

기록은 인간의 본능

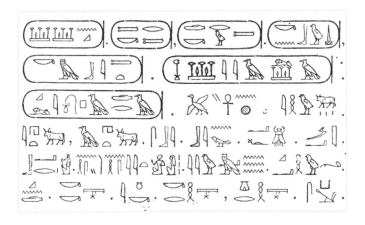

위 그림, 한 번쯤은 본 적이 있을 겁니다. 바로 이집트에서 발견된 상형문자입니다. '히에로글리프'라고 불리는 이 문자는 새나 사자, 뱀 등 동물이나 사물의 모양을 본떠서 만들었습니다. 학자들의 노력에도 불구하고 이 문자로 쓰인 문서들은

글쓰기의 시작,
일기 쓰기입니다

100% 해독되지 못했어요. 히에로글리프 역시 결국 소멸하고 만 것을 보면 이 문자가 '의사소통'이라는 문자 본연의 기능을 잘 못한 게 아닌가 싶습니다. 그리고 이런 상형문자가 좀 유치하게까지 보이는 건 우리가 과학적인 문자, 한글을 쓰고 있기 때문이기도 하고요.

한글이 만들어진 것은 세종 25년, 즉 1443년입니다. 혹시 날짜는 언제인지 아시나요? 한글날인 10월 9일을 생각하시겠지만 그건 훈민정음을 반포한 날이고, 만든 날은 음력 12월 30일이랍니다. 날짜를 모른다고 부끄러워하지 마시기 바랍니다. 저도 인터넷을 검색해보고 알았으니까요. 중요한 건 한글이 다른 문자들에 비해 비교적 늦게 탄생했다는 사실입니다. 15세기면 지금만큼은 아닐지라도 과학기술이 제법 발달된 시기입니다. 그 시기에 세종대왕은 집현전에 당대 최고의 학자들을 모아놓고 한글을 만들라고 지시합니다. 게다가 그 당시엔 이미 '이두'라고 중국 것을 차용한 문자가 있었지요. 이런 조건에서 나온 한글이란 문자가 기존의 문자보다 뛰어난 것은 어찌 보면 당연한 일일 겁니다.

우수한 문자냐 아니냐는 상관없이 사람들은 문자를 통해 기록을 남기고 싶어 했습니다. 세계 최초로 문자를 발명한 수메르인들은 진흙에다 갈대로 만든 펜을 이용해 글자를 새겼는데 이를 '쐐기문자'라고 합니다. 상형문자도 어렵지만 수메르인들이 썼다는 쐐기문자를 보면 너무 어려워 멀미가 납니다. 이렇게 어려운 글자를 사용해 수메르인들은 자기들의 이야기를 글로 썼습니다. 왜일까요? 기록이야말로 인간의 본능이기 때문입니다.

삶과 죽음에 대해 별 생각이 없는 동물들은 문자를 만들 필요가 없습니다. 자신들이 언제든 새끼 옆에서 가르쳐줄 수 있을 것이라고 생각해서지요. 인간은 다릅니다. 자식에게 해주고 싶은 게 많이 있는데 그 자식이 커서 내 말을 알아들으려면 십 년은 더 있어야 한다고 가정해봐요. 근데 내가 몸이 약해서 십 년을 기다리기가 힘들다면 글로 남기는 것만큼 좋은 방법이 또 어디 있겠습니까?

꼭 자식이 아니라도 문자가 필요한 순간은 아주 많습니다. 호메로스한테 '일리아스'와 '오디세이아'란 기나긴 이야기를 들었다고 해 봅시다. 듣고 나니 너무 재미있어서 다른 사람에게 이야기해주고 싶어집니다. 안타까운 건 사람의 기억이 유한하다는 점이지요. 그래서 문자가 필요합니다. 이쯤 되면 '글쓰기는 본능이다'라는 제 말이 과장은 아니라는 것, 이해하시겠지요?

여기에 더해 저는 문자의 탄생이야말로 인간이 지구의 패권을 거머쥔 결정적인 요인이었다고 생각합니다. 문자가 있다면 한 세대의 업적을 다음 세대가 단기간에 습득하는 것이 가능해지고, 이 경우 다음 세대는 이전 세대보다 더 전진할 수 있잖아요? 돌도끼로 동물을 잡아먹던 인류가 인공위성을 쏘아 올리고 우주정거장을 건설하게 된 것도 바로 '문자의 힘' 덕분입니다.

출세의 지름길, 글쓰기

문자 발명 후 인류는 글과 떼려야 뗄 수 없는 사이가 됩니다. 글에 대한 관심이 높아진 건, 글을 쓸 줄 아는 사람이 권력자가 됐기 때문입니다. 조선 시대에 유행했던 과거시험을 생각해 보세요. 중국에 대한 사대가 주를 이루던 시대니만큼 한자를 사용한 시험이었지만 아무리 양반이라 해도 출세를 하려면 글을 잘 써야 했습니다. 게다가 글은 자신의 이름을 후대에 남기는 가장 좋은 수단이었습니다.

《홍길동전》을 쓴 허균을 생각해 보세요. 그 책이 아니었다면 벼슬을 조금 하다 역적으로 몰려 형장의 이슬로 사라진 그가 지금까지 기억될 수 있었을까요? "아버지를 아버지라 부르지 못하고 형을 형이라 부르지 못하오니 이 어찌 사람이라 하오리까?"라는 소설 속 대사는 당시는 물론이고 지금도 많은 이들의 심금을 울리고 있습니다.

인쇄술의 발달과 더불어 글만 잘 쓰면 먹고 살 수 있는 시대가 열립니다. 시인과 소설가가 바로 그들이지요. 게다가 베스트셀러를 쓴다면 부자가 될 수도 있습니다.

토머스 해리스(Thomas Harris)라는 작가가 있습니다. 이름만 들으면 누군지 잘 모르시겠지만 《양들의 침묵》은 한 번쯤 들어보셨지요? 한니발 렉터라는 남성 범죄자가 감옥에 들어앉아 여성 FBI를 돕는, 그래서 결국 사건을 해결하는 스릴러 말입니다. 영화로만 보신 분이 많으실 텐데 영화의 원작을 쓴 이가 바로 해리스입니다. 책은 공전의 베스트셀러가 됐고 영화도 크게 성공했습니다. 이 책을 포함해서 해리스는 딱 다섯 편의 책을 썼습니다. 《양들의 침묵》을 빼곤 뭐 그렇게까지 재미있지는 않지만, 그래도 다 베스트셀러가 됐고 영화로도 만들어집니다. 그가 맨 마지막으로 쓴 《한니발》만 해도 영화사에 판권을 넘기면서 천만 달러, 우리 돈으로 약 백억 원 정도를 법니다.

《해리포터》시리즈를 쓴 조앤 롤링(J.K. Rowling)은 2017년 한 해 동안 번 돈이 950억이랍니다.[1] 물론 모든 작가들이 다 돈을 잘 버는 것은 아닙니다만 글쓰기가 아니었다면 이혼 후 아이를 키우며 극도로 심한 경제적 궁핍에 몰렸던 조앤 롤링이 지금 같은 거부가 되진 못했을 것입니다.

20세기 말부터는 좀 이상한 조짐이 나타납니다. 원래 책을 내는 사람은 작가가 대부분이었고 일반인들은 작가가 쓴 책을 읽는 데 그쳤지만, 어느 순간부터 꼭 작가가 아니라도 책을 내는 사람들이 많아지게 됩니다. 김난도 교수가 대표적이지요. 그가 쓴 《아프니까 청춘이다》는 수백만 명이 읽었고 읽지 않은 분들도 그 책의 제목은 들어보셨을 겁니다. 그분은 원래 작가일까요? 아닙니다. 그냥 대학교수입니다. 전공도 소비자학과로, 그 책과 별 상관이 없습니다. 그런데도 그분은 청춘을 위로하는 책을 썼고 그 책 덕분에 우리나라에서 가장 중요한 멘토가 됐습니다.

하루 수백 종의 책이 나오는 요즘, 그 책의 대부분은 전업 작가와 무관한 사람에 의해 쓰입니다. 작가라서 책을 쓰는 게 아니라 책을 쓰면 작가가 되는 것이지요. 그리고 책은, 꼭 그런 건 아니지만 책을 쓴 저자에게 부와 명예도 가져다줍니다.

글쓰기, 피할 수 없다면?

일반인을 가장한 이들이 책을 쓴다고 해서 그게 나랑 무슨 상관이 있느냐 할지 모르겠습니다. 아마 여러분은 이렇게 생각하실 겁니다.

"그 사람들, 원래 글 잘 썼으니까 책을 냈겠지."

그럴 수도 있을 겁니다. 하지만 저절로 글을 잘 쓰게 된 사람들은 생각보다 많지 않습니다. 제가 다른 곳에서 여러 번 얘기했습니다만 저는 단 한 번도 백일장에서 상을 탄 적이 없답니다. 그런 제가 열 권이 넘는 책을 낸 것은 서른 살 즈음부터 죽어라고 연습한 결과입니다. 제가 결코 뛰어나거나 남들과 달라서가 아니라는 얘기입니다. 우리는 모두 문자를 전혀 모른 채 태어나는데 어떻게 처음부터 글을 잘 쓸 수 있겠어요? 여기까지 읽고 다음과 같이 말하는 분들이 계실 겁니다.

"그래. 글쓰기는 노력이다, 라는 네 말이 맞는다고 치자. 그래도 난 책 안 낼 거야. 그러니 나한테 자꾸 글 쓰라고 하지 마."

제가 글쓰기를 연습해야 한다고 주장하는 건 꼭 미래에 책을 내기 위해서만은 아닙니다. 요즘 시대가 모든 이에게 글쓰기를 요구하기 때문입니다. 뭔 소리야, 난 요구받은 적 없는데, 라고 속단하지 마시고 잠시 과거를 회상해 보세요. 리포트, 자

글쓰기의 시작,
일기 쓰기입니다

기소개서, 반성문, 각종 메일 등등 글을 써야 할 순간들이 생각보다 많았을 겁니다. 이게 비단 학생 때만의 일은 아닙니다. 다음 기사를 보세요.

직장인들 중 '보고서와 문서 작성에 스트레스를 받은 적이 있다'고 답한 비율이 응답자의 88.4%에 달했다. 또 '글쓰기 능력이 성공과 상관관계가 있다'고 답한 비율도 77.7%로 나타났다.[2]

글을 쓸 기회는 사회에 나가면 더 많아진다는 얘기지요. 글쓰기 능력이 승진 등과도 관계가 있고요. 글쓰기 책을 구매하는 연령층 중 30대, 40대가 거의 절반을 차지하는 이유도 여기에 있습니다.

자, 이래도 글쓰기가 남의 일이라고 생각하며 아무 것도 안하시겠습니까? 이제 그만 현실을 받아들이고 글을 씁시다. 뭐든지 빠를수록 좋듯이 글쓰기도 빨리 시작할수록 더 빨리 성과를 낼 수 있지요. 하지만 좀 늦었다고 해서 포기하지 맙시다. 저도 서른부터 시작했는걸요. 서른이 넘었으면 또 어떻습니까? 100세 시대인데 마흔에 시작한다 해도 별 지장이 없습니다.

자투리 시간을 공략하라

글을 써야 한다는 데는 다들 동의하셨지요? 하지만 더 큰 문제가 있습니다. 바로 시간이 없다는 점이지요. 우리 현대인들은 다 바쁩니다. 중고생은 입시 때문에 바쁘고, 대학생은 취업 때문에 바쁩니다. 어렵사리 취업에 성공했다 해도 OECD 최장 근로 시간은 다른 일을 할 시간을 없애 버립니다. 이런 상황에서 글쓰기 연습을 하라는 건 너무 한가한 요청일지도 모릅니다.

그런데 말입니다, 우리가 정말 시간이 없어서 글쓰기를 못하는 것일까요? 다음 기사를 보죠.

한국인의 하루 스마트폰 사용 시간이 2시간 10분으로, 세계 6위 수준에 해당하는 것으로 나타났다. 독일 시장조사기관 스태티스타(Statista)에 따르면 전 세계에서 하루에 스마트폰을 가장 오래 쓰는 국가는 브라질로 평균 4시간 48분가량을 소비했다. 2위는 중국(3시간 3분)이 차지했다. 한국은 미국(2시간 37분), 이탈리아(2시간 34분), 스페인(2시간 11분)의 뒤를 이은 6위였다.[3]

브라질보다 절반밖에 안 된다니 마음이 좀 놓이나요? 제가 의아한 건 시간이 없다고 하는 분들이 어떻게 하루 2시간 10분이나 스마트폰을 사용할 수 있는가입니다. 물론 꼭 스마트폰을 써야 할 때가 있지요. 잘 모르는 영어 단어를 검색한다든지, 처음 가는 곳을 찾아간다든지 할 때 스마트폰을 사용하면 유용합니다. 그런데 우리는 정말 스마트폰을 꼭 필요할 때만 쓸까요? 저부터 고백하자면, 저는 제가 즐겨 가는 야구 사이트에서 남들이 댓글로 싸우는 것을 즐겨 봅니다. 별로 큰일도 아닌데 거의 목숨 걸고 싸우는 모습이 재미있더군요. 그 댓글들을 읽다 보면 일, 이십 분은 훌쩍 지나갑니다. 은근히 중독성 있다니까요.

그런데 이 댓글을 보면 제게 뭐가 남을까요? 여러 의견에 대해 두루 알 수 있을까요? 아닙니다. 댓글로 싸우는 분들은 대개 자신이 한 말을 반복하다가 'ㅋㅋㅋ'로 대변되는 조롱의 단계를 거쳐 결국 인신공격으로 들어갑니다. 거기서 제가 배워봤자 뭘 배우겠습니까? 그럼에도 제가 그 댓글들을 자주 들여다보는 건 싸움 구경만큼 재미난 게 없어서입니다. 여러분도 크게 다르지 않을 겁니다. 물론 SNS에도 즐거움과 웃음, 사랑과 낭만 같은 긍정적 기능이 있겠지만 거기에 들이는 시간에 비해 남는 게 별로 없습니다. 시간이 없어서 글쓰기 연습을 못한다고 하면서 재미만을 위해 스마트폰을 들여다보는 건 모순이 아닐까요?

입시 공부나 취업을 위한 시간, 회사일 하는 시간을 내놓으라는 것이 아닙니다. 우리, 스마트폰에 쓸 하루 두 시간 중 30분만 글쓰기를 위해 투자합시다. 그 30분이 당신의 인생을 바꿀 수 있으니까요.

매일 조금씩! 해답은 일기

글쓰기 연습을 한다고 하면 대개 글쓰기 책을 삽니다. 그 책을 읽으면 글을 잘 쓸 것 같은 기분이 들긴 합니다만 막상 써보면 그게 착각이었다는 걸 깨닫게 됩니다. 글은 배운다고 되는 게 아니라 '매일 조금씩' 써야 늡니다. 수많은 글쓰기 책들이 공통적으로 요구하는 것도 바로 이것입니다. 제가 위에서 글쓰기를 위해 하루 30분씩 쓰라고 한 것도 이 때문이고요. 근데 하루 이틀도 아니고 하루에 30분씩 도대체 무슨 글을 써야 할까요?

까먹어서 그렇지, 우리는 어릴 적부터 '매일 조금씩' 글을 쓰라는 강요를 받은 적이 있습니다. 뭔지 다 아시겠지요? 소제목에 적혀 있듯이 답은 '일기'입니다. 거창한 내용이 아니라 초등학교 시절 지겹게 썼던, 자신에게 일어난 일을 적는 '일기'라면 매일 쓰는 것도 가능하다 싶지 않으신가요? 그래서 일기를 쓴다고 칩시다. 일기만 쓰면 글을 잘 쓰게 될까요? 당연합니다. 게다가 일기만 잘 써도 후세에 이름을 남길 수 있습니다.

제가 아는 분 중 이순신 장군이란 분이 있습니다. 이분은 전략을 짜기 바쁜 전쟁 중에도 꾸준히 일기를 썼습니다. 그게 바로 《난중일기》지요. 읽어보진 않았더라도 제목은 한 번쯤 들어봤을 겁니다. 물론 이순신 장군은 워낙 업적이 뛰어나 일기를 쓰지 않았더라도 역사에 남았겠지만 《난중일기》는 그분의 명성을 훨씬 더 높여줬답니다.

이순신 장군의 비유가 적절치 않다면 다른 분을 예로 들어볼게요. 이 소녀는 13살 생일 선물로 일기장을 받습니다. 그로부터 2년을 조금 넘는 기간 동안 소녀는 열심히 일기를 썼지요. 소녀의 이름이 안네 프랑크여서 이 일기는 《안네의 일기》로 세상에 알려집니다. 독일 나치스 군들의 감시의 눈길이 상시적으로 도사리고 언제 가스실로 끌려가 죽을지도 모르는 절박한 순간에 그 날 겪은 일들을 일기장에 쓰는 10대 소녀의 마음은 어떠했을까요? 그 광경을 상상하면 그저 마음이 아프지만 그 일기 덕분에 그 소녀는 '안네'라는 이름을 가진 이들 중 가장 유명한 사람으로 우리 기억 속에 남아 있습니다. 그리고 그 소녀가 쓴 일기는 독일군의 만행을 고발하는 학술적 가치가 높은 자료가 됐습니다.

안네와 달리 우리는 얼마든지 일기를 쓸 수 있습니다. 잃어버릴 수 있는 일기장과 달리 사이버공간에 만들어진 블로그 일기장은 해당 회사가 망하지 않는 한 분실의 염려도 없습니다. 그럼에도 우리는 일기를 쓰지 않습니다. 목숨을 위협 받는 절박한 순간에 일기를 썼던 이순신 장군이나 안네 프랑크가 우리를 본다면 야단칠지도 모릅니다.

"야! 너 도대체 뭘 하고 있는 거야?"

우리는 도대체 왜 일기를 쓰지 않는 것일까요? 이건 꼭 여러분만의 책임이 아닙니다. 그건 저를 비롯한 수많은 사람들에게 일기가 '숙제'로 다가왔기 때문입니다. 여기에 대해선 조금 뒤에 더 말씀드리겠습니다.

---

1 https://www.forbes.com/sites/hayleycuccinello/2017/08/03/
worlds-highest-paid-authors-2017-j-k-rowling-leads-with-95-
million/#3098be172669

2 http://news.tongplus.com/site/data/html_ dir/2015/06/17/
2015061702576.html

3 http://biz.chosun.com/site/data/html_dir/2017/05/28/2017052801788.
html

글쓰기의 시작,
일기 쓰기입니다

일기,
왜 써야 하나요

한비야가 말한다, 일기를 쓰라고

오지 탐험가로 알려진 한비야 씨를 아시나요? 한비야 씨는 35세의 나이에 외국계 회사라는 좋은 직장을 그만두고 오지로 여행을 떠납니다. 그녀가 했던 여행의 특징은 비행기나 배, 기차 등을 타고 편하게 다니는 대신 배낭을 메고 걸어서 다니거나 히치하이킹을 했다는 점입니다. 잠은 비싼 호텔 대신 현지에서 민박을 했고요. 지금이야 배낭여행이 대중화됐지만 그녀가 오지 탐험을 시작한 1980년대만 해도 그런 여행은 엄두를 내기 어려웠습니다. 게다가 그녀가 간 곳은 우리가 가기 꺼리는, 잘 살지 못하고 치안도 불안한 나라들이었습니다. 그런 나라들을 한비야 씨는 60개국이나 다녔습니다. 한비야 씨가 자신의 여행 경험을 담은 《바람의 딸, 걸어서 지구 세 바퀴 반》 시리즈는 공전의 베스트셀러가 됐고 수많은 사람들에게 용기와 감동을 줬습니다.

지금 한비야 씨는 국제구호 활동을 하며 어려운 세계인들을 돕고 있는데요, 이런 그녀도 늘 좋았던 것은 아닙니다. 20대 때, 한비야 씨는 가정환경 때문에 대학에 가지 못한 채 6년간 아르바이트를 하며 살았습니다. 그러던 그녀가 남자를 사귀었는데 하루는 남자 친구의 집에 가서 어머니한테 인사를 하게 됐습니다. 어머니는 한비야 씨에게 어느 학교에 다니는지 물었습니다. 대학에 안 다닌다고 했더니 남자 친구 어머니는 표정이 굳어지며 아무 말도 하지 않았다고 합니다. 한비야 씨는 어머니의 태도를 '고졸 주제에 감히 내 아들을 넘보느냐'로 읽었습니다. 사정이 있다 보면 대학에 안 갈 수도 있는 것인데, 그게 왜 연애를 하면 안 될 이유가 되는 것일까요? 당시 한비야 씨가 얼마나 속상했을지 짐작이 갑니다.

아르바이트를 하는 것도 쉽지 않다고 합니다. 요즘 논란이 되는 소위 '갑질'은 사회적 약자에게 특히 더 집중되기 마련인데 젊은 여자였던 한비야 씨가 아르바이트를 하면서 겪은 시련도 꽤나 컸을 것입니다.

물론 시련이 사람을 더 강하게 만들기도 하지요. 하지만 감당하기 어려운 억울한 경험은 사람을 병들게 할 수도 있습니다. 내가 나를 위해 할 수 있는 일이 없다고 생각될 때, 세상에 내 편은 아무도 없다고 느낄 때, 여러분이라면 어떻게 대처하시겠습니까? 그 시기 한비야 씨를 지탱하게 했던 건 바로 일기였답니다. 그녀는 일기장에 다음과 같이 썼습니다.

어떻게든 참고 견디자. 이 고비는 넘길 것이고 나는 더 단단해질 것이다.

누구나 아는 사람이 된 지금, 한비야 씨는 말합니다.
"일기가 아니었다면 나는 굉장히 시니컬한 사람이 됐을 것이다. 일기 덕분에 나는 여기까지 올 수 있었다. 말하자면 나는 일기장의 최대 수혜자였다."
그래서 한비야 씨는 말합니다. 우리 모두 일기를 쓰라고요.[1]

일기의 힘, 자기 객관화

얼핏 들으면 이해가 잘 안 갈지도 모릅니다.
"아니, 일기를 쓴다고 해서 삶이 힘든 게 줄어들지는 않잖아요. 오히려 일기를 쓰면서 그날 재수 없었던 일을 떠올려야 하니 더 힘들어지지 않겠어요?"

하지만 꼭 그렇진 않습니다. 글쓰기에는 자기를 객관적으로 바라보게 만드는 힘이 있거든요. 예를 들어볼까요?

A라는 친구가 밥을 먹으면서 제게 말을 걸다가 제 얼굴에 밥풀이 튀었다고 합시다. 거기에 대해 제가 화를 냈더니 A가 더 화를 내면서 확 일어나서 나가 버렸습니다. 물론 이건 가정일 뿐, 저는 친구가 튀긴 밥풀에 화를 내는 사람이 아닙니다. 그 뒤 저는 A와 사흘간 말도 하지 않습니다. 그러던 어느 날, 학교 교정에서 A를 마주칩니다. 둘 다 앙금을 풀어야 한다는 마음을 갖고 있었기에 어떻게든 이야기를 시작합니다. 그리고 다음과 같은 대화가 이어집니다.

A 너는 왜 밥풀 튄 거 가지고 화를 내냐?

나 밥풀 튈 수도 있어. 근데 그래놓고선 왜 사과를 안 하냐?

A 사과하려고 했는데 네가 먼저 화를 냈잖아.

나 네가 사과를 안 하니까 화가 나지.

A 그러는 넌 지난번에 말하다가 침 튀었잖아. 나 그때 기분 더러웠는데 참았어.

나 그러는 너는 지지난번에 내 얼굴에 방귀 뀌었잖아.

어떻습니까. 앙금이 더 쌓였지요? 당연한 것이, 그 사흘간

글쓰기의 시작,
일기 쓰기입니다

서로의 입장에 변한 게 하나도 없기 때문입니다. 그런데 제가 이 '밥풀 사건'을 주제로 글을 썼다면 어떻게 될까요. 아마 다음과 같은 글을 썼겠지요.

◆ 일기 예 1) 밥풀 사건

친구랑 밥을 먹는데 친구가 말하다가 친구 입에 있는 밥풀이 내 얼굴에 튀었다. 내가 더럽다고 화를 냈더니 친구는 왜 그런 거 가지고 화를 내냐고 자기가 화를 낸다. 적반하장도 유분수다.

여전히 제 말만 늘어놓고 있지요? 하지만 말입니다, 그 결과는 같지 않을 것입니다. 이 내용이 적힌 일기장을 다시금 들여다보면 사건이 보다 객관적으로 보입니다. 편견 없이 그날 일을 머릿속으로 떠올리게 된다는 뜻입니다. 그러고 나면 다음과 같은 일이 벌어집니다.

─별것도 아닌데 왜 싸웠을까.
─밥풀 튀긴 것에 대해 내가 좀 예민했구나.
─A에게 사과해야겠다.

객관화의 힘이란

이렇듯 글에는 '객관화의 힘'이 있습니다. 어떤 일이든 글로 써놓으면 남의 일처럼 느낄 수 있고, 그래서 보다 객관적으로 상황을 인식할 수 있게 됩니다.

축구 경기를 볼 때 "저기서 왜 패스를 안 해?"라고 생각한 적이 있지요? 그 선수들은 우리보다 훨씬 축구를 잘하는 사람임에도 우리는 거리낌 없이 그들에게 훈수를 둡니다. 어떻게 그게 가능할까요? 막상 그라운드에서 뛰는 선수들은 눈앞의 상황만 보느라 큰 그림을 보지 못합니다. 반면 TV를 통해 경기를 보는 시청자들은 축구장 전체의 모습을 보게 되니 "저기 저 선수가 비어 있구나."라는 사실을 알 수 있지요. 제가 A와 교정에서 만나서 말다툼을 하는 일을 축구장에서 공을 쫓는 선수들에 비유할 수 있다면, 제가 그 일을 글로 쓰는 것은 시청자가 TV로 축구를 보는 것과 비슷합니다.

다른 예를 들어봅시다. 어머니의 존재는, 최소한 청소년기에는 억압자로 다가옵니다. 늘 공부하라고 하고, 용돈도 많이 안 주고, 말 안 듣는다고 야단만 치니까요. 그래서 어머니와 마주하면 애정 표현보다 불만이 더 많기 마련이지요. 그런데 학교 자율학습 시간에 어머니한테 편지를 쓰라고 합니다. 억지로

글쓰기의 시작,
일기 쓰기입니다

펜을 들어 편지를 씁니다만 신기하게도 편지를 쓰다 보면 저는 어머니한테 잘못한 게 많고 속만 썩여 드렸다는 생각이 듭니다. 이렇듯 자신을 지금과는 다른 시선으로 바라보게 하는 힘이야말로 바로 글이 주는 자기 객관화의 힘입니다.

자, 그렇다면 일기를 매일 쓴다면 어떤 일이 벌어질까요? 그날 있었던 일들에 대해 객관적인 시선으로 볼 수 있습니다. 특히 그날 저질렀던 실수에 대해서는 진지한 반성으로 이끌어 같은 실수를 하지 않도록 노력하게 해줍니다. 글을 쓰려면 해당 사건에 대해 다시 생각을 해야 하니 사고가 깊어지는 것은 당연하고요.

슬픈 일도 크게 다르지 않습니다. 자기 객관화로 걸러진 슬픔은 그날 느꼈던 것보다 훨씬 견디기 쉬운 것이 됩니다. 그러다 보면 자신에 대한 격려도 가능해지지요. 한비야 씨가 20대의 어려움을 견디게 해준 게 일기라는 말, 이제는 실감하시나요?

일기는 추억을 캡처한다

일본 작가 사노 요코가 쓴 수필집 《열심히 하지 않습니다》[2]

를 보면 다음과 같은 이야기가 나옵니다. 집 근처에서 끔찍한 사건이 발생합니다. 경찰이 와서 집집마다 탐문수사를 벌입니다. 사건이 일어난 시각인 밤 8시부터 10시 사이에 혹시 뭐 본 것 없느냐는, 목격자에 관한 수사였습니다. 그런데 사노 여사는 나이가 든 탓인지 전날 뭘 했는지 통 기억이 안 납니다. 소심한 사노 여사는 걱정하기 시작합니다. 알리바이를 모른다는 이유만으로 범인으로 몰릴 수도 있다는 생각에서요. 그래서 사노 여사는 일기를 쓰기 시작했지요. 쓰다가 따분해져서 그만뒀고 그 뒤 일기에 대해선 잊어버렸답니다. 그러던 어느 날, 이사를 갔는데 그때 쓴 일기장이 나왔습니다.

"5월 4일, 생선 가게에 갔다가 돌아오는 길에 자운영 꽃밭에서 쉬다"라고 쓰여 있었다. 나는 그때의 하늘과 바람의 상태, 자운영 꽃 사이로 보이던, 함께 있던 친구의 정강이 털까지 생각났다. 그 메모가 없었다면 자운영 꽃밭의 바람도 하늘도 깨끗이 사라졌을 것이다. (221-222쪽)

전날 뭘 했는지도 모르는 사노 여사가 그날 불었던 바람과 하늘, 그리고 친구의 털까지 떠올릴 수 있었던 비결은 바로 일기였습니다.

글쓰기의 시작,
일기 쓰기입니다

우리는 하루 동안 수많은 광경을 목격합니다. 그것들은 대부분 기억에서 사라집니다. 심지어 누구를 만났는지, 무엇을 먹었는지조차 기억하지 못합니다. 물론 인간의 기억은 유한하기 때문에 그 모든 걸 다 기억할 수도, 그럴 필요도 없겠지요. 하지만 눈이 부시게 아름다운 장면이라면 어떨까요? 며칠간 비가 온 뒤 간만의 화창한 날이라면 오래 간직하고 싶을지도 모릅니다.

이 광경을 오래 보존하는 방법은 두 가지입니다. 하나는 사진으로 찍는 것이고, 또 하나는 글로 쓰는 것입니다. 좀 더 잘 보존하는 방법은 당연히 후자이고요. 혹시 사진을 보고 "이거 언제 찍은 거지?"라고 생각한 적이 없으신가요? 더군다나 스마트폰 덕분에 사진이 남용되다시피 하는 시대인지라 사진으로 찍었다고 마음에 오래 남지도 않습니다.

글은 다릅니다. 자신이 본 장면을 표현하기 위해 애써야 하기에 일기를 보면 해당 장면뿐 아니라 관련된 추억들이 뭉실뭉실 피어납니다. 심지어 수십 년이 지난 후까지도요. 일기가 추억을 캡처하는 가장 좋은 방법인 이유입니다.

일기는 어떻게 글을 잘 쓰게 해줄까

앞에서 일기가 글을 잘 쓰게 해준다고 했지요? 왜 그런지 그 이유를 알면 일기를 더 쓰고 싶어질 것 같아서 말씀을 드립니다.

오늘 제가 생애 처음으로 코끼리를 봤다고 칩시다. 그게 코끼리인 줄도 모르는 저는 오늘 본 것을 묘사하기 위해 골머리를 앓습니다. 결국 다음과 같은 묘사가 완성됩니다.

◆ **일기 예 2) 세상에 이런 동물이!**

그 동물은 코가 아주 길었다. 귀는 넓적해서 귀를 펄럭이면 날 수도 있을 것 같은 착각을 줬다. 몸은 회색이고, 아주 거대했다. 아 맞다. 코 양 옆으로 하얀 이빨이 있었는데, 이빨은 U자 모양으로 끝이 뾰족했다. 거대한 몸을 지탱하려는 듯 다리는 굵었다. 몸 끝부분에는 상대적으로 왜소한 꼬리가 달려 있었다.

제가 워낙 묘사를 잘해서 읽는 분들은 이게 코끼리라는 것을 금방 알 수 있을 것입니다. 일기는 남을 위해 쓰는 게 아닙니다만 글이란 다른 사람이 읽어도 이해할 수 있게 써야겠지요. 이 과정에서 표현력이 길러집니다. 그러니 일기를 매일, 그것도 오래 쓰면 작가가 되는 것에 더 가까이 다가갈 수 있습니다.

《나의 아름다운 정원》을 쓴 심윤경 작가는 놀랍게도 분자생물학과를 나왔습니다. '놀랍다'라고 한 까닭은 분자생물학과가 글과 그다지 관계가 없어 보이는 과이기 때문입니다. 개인적으로 글쓰기 공부를 한 것도 아닌 그녀가 작가가 될 수 있었던 비결은 무엇일까요? 바로 하루도 빼놓지 않고 썼다던 일기에 그 답이 있습니다.

일기 쓰기의 장점이 이렇게 많음에도 우리는 일기를 쓰지 않습니다. 초등학교를 졸업한 이후에도 꾸준히 일기를 쓰는 사람이 얼마나 될까요? 한두 명이면 개인의 일탈이라고 할 수 있겠지만 단체로 일기를 안 쓴다는 건 어딘가에 구조적인 문제점이 있다는 얘기로 들릴 수밖에요. 다음 장에서 왜 우리는 일기를 안 쓰는지, 그 이유를 본격적으로 알아봅시다.

---

1 http://ch.yes24.com/Article/View/27793
2 《열심히 하지 않습니다》 사노요코 지음. 서혜영 옮김, 을유문화사, 2016

이래서
일기를 안 씁니다

일기는 숙제다

일기란 말을 들으면 어떤 생각이 나시나요? 이미 학교를 졸업한 사람이라면 일기라는 말에도 알레르기 반응을 보일 것 같습니다. 우리들에게 일기는 숙제 그 이상도, 이하도 아니었으니까요. 특히 방학이 끝날 때쯤 되면 일기는 큰 부담으로 작용합니다. 일기 쓰기가 습관이 안 된 학생이 매일매일 일기를 쓰는 게 쉽지 않고, 그러다 보니 한 달 치 일기를 개학 전날 하루에 다 써야 하잖습니까!

저 역시 그런 적이 있어요. 4학년 때인가, 일기를 하나도 안 썼는데 다음 날이 개학이었습니다. 너무 무서워서 잠도 안 오더군요. 어쩌나 싶어 울고 있었더니 어머니가 오셔서 일기 쓰기를 도와주셨지요. 그런 일이 있고 나니 '아, 일기는 역시 매일 써야 해'라고 생각하기보단 일기란 게 원래 하루 전날 다 몰아 쓰는 것이구나, 라고 생각하게 되더군요.

　다른 친구들 얘기를 들어봐도 '몰아 쓰기'가 학창 시절의 큰 무용담인 듯합니다. 그 날 날씨가 어땠는지 알아내려 애썼다느니 하면서 자랑을 늘어놓기도 하던데요, 인터넷이 발달해 몇십 년 전 날씨도 알 수 있는 지금은 몰아 쓰기가 한층 더 기승을 부릴 것 같네요.

　인터넷 얘기가 나왔으니 말인데 포털사이트에 가면 일기를 대신 써달라는 질문이 굉장히 많이 나옵니다. 써주면 그 대가로 내공 점수를 준다며 유혹을 하면서요.

지식iN　1-10 / 21건

　Q　감사일기 50개만 **써주세요**ㅠㅠ　2018.09.11.
　감사일기 50개만 **써 주세요**ㅠㅠ
　A　답변을 드리 것 중에 골라서 하시거나 아니면 질문자 님이 감사한 일을 생각해서 하는 방법이 있겠습니다. 답변을 드렸으니 채택바랍니다. 감사일기 50개만 **써**드렸습니다^^

　Q　주제일기-인터넷중독!　2018.09.11.
　주제일기를 인터넷중독의 문제점과 예방법에 대하여 써가야 하는데 어떻게 해야 할지 도와주세요!!~ **일기를 써 달라는건** 아니구요 문제점들이랑 예방법좀 **써 주세요**ㅠㅠ
　A　~ **일기를 써 달라는건** 아니구요 문제점들이랑 예방법좀 **써 주세요**ㅠㅠ Re... 한국정보화진흥원 인터넷중독대응센터입니다. 인터넷중독에 대한 과제를...

　Q　6학년 요리사에대한 조사 **일기**를 **써야**　2018.08.26.
　6학년 요리사에 대한 조사 **일기**를 **써야**한다. 내공100 일기좀 **써주세요**...
　A　요리사의 종류와 그 요리사의 특징을 **써주세요**. 종류는 크게 한식,중식,양식,일식이... 요리사의 장점과 단점을 **써주세요**. 장점은 누구나 할 수 있다는 것입니다. 또한...

　Q　저 여름방학 **일기**를 한편도 안썼어오ㅠ　2018.08.25.
　저 여름방학 일기를 한편도 안썼어오ㅠㅠㅜㅜ 화요일 개학인데 5편만 **써주세요**ㅠㅜㅜ 내공 200 겁니다
　A　'자기 일은 스스로 하자.' -재능교육- '언제나 현재에 집중할수 있다면 행복할 것이다.' -파울로 코엘료- '진정으로 웃으려면 고통을 참아야하며 , 나아가 고통을 즐길 줄...

네이버에서 '일기 써주세요'로 검색했을 때 나오는 글들

물론 "네가 써야 한다!"며 훈계조의 답을 다는 분도 있지만 실제로 써주시는 분도 있습니다. 예를 들어 '가을을 주제로 일기 좀 써주세요'라고 하면 누군가가 다음과 같은 일기를 올리는 거죠.

글쓰기의 시작,
일기 쓰기입니다

"야, 날씨 좋은데 뭐 해? 이런 날 한잔해야지."

어이가 없었다. 가을이 무슨 계절인지도 모르는 녀석이라니. 그에게 답장을 보냈다.

"몇 시에 어디로 가면 돼?"

지하철을 타고 약속 장소로 가면서 생각했다. 가을이 독서의 계절인 이유는 어쩌면 가을에 사람들이 책을 너무 읽지 않기 때문이 아닐까.

마음이 따뜻해서일 수도 있고 '내공을 주겠다'는 말에 혹해 그러는 분도 있겠지요. 아무리 선의에서 비롯됐더라도 이건 그다지 좋은 행동은 아닙니다. 그대로 베껴서 일기를 쓴 학생들은 당장 숙제를 쉽게 했다며 기뻐하겠지만 그런 행동은 궁극적으로 해당 학생이 일기를 통해 얻을 수 있는 여러 장점을 얻지 못하게 만듭니다. '학생들이 일기 습관을 들이는 데 인터넷이야말로 일기 쓰기의 적'이라고 말할 수 있지만, 현실적으로 막을 방법이 없으니 암담할 뿐입니다.

초등 일기의 단골 소재는?

TV 채널을 놓고 벌이는 전쟁은 어릴 적만의 전유물은 아닙니다. 성인이 된 뒤에도 흔히 일어나는, 어찌 보면 삶의 과정에서 내내 벌어지는 일이지요. 그래서인지 여기에 관한 일기가 많습니다. 예를 들면 다음과 같습니다.

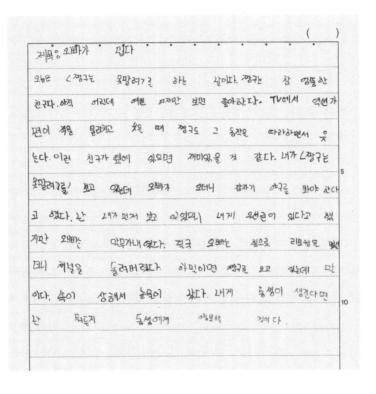

제목: 오빠가 밉다

오늘은 〈짱구는 못말려〉를 하는 날이다. 짱구는 참 엉뚱한 친구다. 아직 어린데 예쁜 여자만 보면 좋아한다. TV에서 액션가 면이 적을 물리치고 웃을 때 짱구도 그 동작을 따라하면서 웃는다. 이런 친구가 옆에 있으면 재미있을 것 같다. 내가 〈짱구는 못 말려〉를 보고 있는데 오빠가 오더니 갑자기 야구를 봐야 한다고 했다. 난 내가 먼저 보고 있었으니 내게 우선권이 있다고 했지만 오빠는 막무가내였다. 결국 오빠는 힘으로 리모컨을 뺏더니 채널을 돌려버렸다. 하필이면 짱구를 보고 있는데 말이다. 속이 상해서 눈물이 났다. 내게 동생이 생긴다면 난 뭐든지 동생에게 양보할 것이다.

저만 해도 마루가 주요 활동 공간인 아내가 TV를 독점한 탓에 보고픈 프로그램이 있으면 눈치가 보입니다. 안 된다고 하는 바람에 볼 걸 못 보는 경우도 있다니까요. 아무튼 저 일기는 일기가 왜 필요한지 알려주는 좋은 예입니다. 물론 일기 자체로 보면 누가 선인지 판정하기 어렵습니다. 일단 TV를 먼저 보고 있었으니 '나'에게 우선권이 있을 것 같지만 오빠 입장에선 당장 야구 경기가 궁금할 수도 있었겠지요. 그래도 주인공인 '나'는 자신이 옳다고 믿으면서 오빠를 비난합니다. 이것이 이전에 말한 '자기 객관화'와 어떤 관계가 있을까요?

몇 년 뒤, 주인공이 친척 집에 놀러 갔는데 자신보다 어린 친척 동생이 TV를 보는 광경을 봅니다. 주인공은 어린 친척이 보는 프로그램이 마음에 안 듭니다. 그때 주인공은 자신이 일기장에 썼던 내용을 떠올릴 수 있지요. 동생에게 무엇이든지 양보할 거라고요. 물론 일기장의 소리를 무시하고 채널 선택권을 빼앗을 수도 있지만 그 경우 자신이 죄를 지었다는 가책에 시달릴 것입니다. 그리고 비슷한 일이 또 벌어졌을 때, 그때는 자신이 동생에게 양보를 할 수도 있지 않을까요? 적어도 일기를 안 썼을 때보다는 좋은 사람이 된다에 한 표 던집니다.

아! 귀찮은 일기

일기를 써야 하니까 일기장을 펴긴 했는데 정말 쓰기 싫다. 그래도 쓰려고 머리를 쥐어뜯었는데 쓸 얘기가 하나도 없다. 쓰기 싫어서 쓸 얘기가 없는 것인지, 쓸 얘기가 없어서 쓰기 싫은 것인지, 닭이 먼저인지 달걀이 먼저인지 알 수가 없다. 그만 쓰자.

초등학생이 쓴 일기입니다만 정말 잘 쓰지 않았습니까? 왠지 존재론적인 질문이 담겨 있는 것 같지 않은지요. '일기의 귀찮음'을 주제로 이런 글을 쓸 수 있다면 저는 높은 점수를 주렵니다. 앞으로 크게 될 것 같지요? 일기의 귀찮음에 대한 다른 초등학생의 일기를 봅시다.

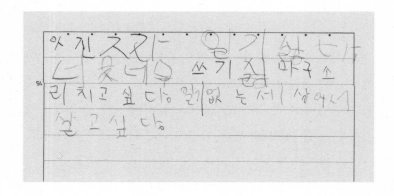

아 진짜 일기 쓰기 싫다. 너무너무 쓰기 싫어 마구 소리치고 싶다.
일기 없는 세상에서 살고 싶다.

읽는 순간 쓰는 이의 짜증이 바로 전해지는 것 같지 않습니까? 숙제니까 쓰긴 쓰는데 쓸 말도 없고 쓰기도 싫습니다. 그래서 짜증이 납니다. 그 날 있던 일이 짜증나는 게 아니라 일기 쓰기가 짜증나는 것 같네요. 이 학생, 일기 쓰기 전까진 잘 뛰어 놀지 않았을까 싶기는 합니다. 이 친구의 일기를 검사한 선생님은 이렇게 위로합니다.

"와, 정말 잘 썼구나. 원래 솔직하게 쓰는 일기가 좋은 일기거든. 앞으로도 이렇게 솔직하게 쓴다면 XX는 나중에 훌륭한 사람이 될 수 있을 거야."

세상에 천사가 있다면 아마도 이런 모습일 겁니다. 어떻게 해서든 학생을 격려하려는 마음이 아름답네요. 그런데 이런 말을 들었다고 이 학생이 대오각성해서 일기를 열심히 쓸까요? 제가 보기엔 그럴 것 같지 않습니다. 왜냐하면 이 학생은 도대체 일기를 왜 써야 하는지 모르기 때문입니다.

누구든지 자신이 이 일을 왜 해야 하는지 모를 때 짜증이 납니다. 영어와 수학을 비교해 보죠. 영어는 수능은 물론, 취업을 위해서도 꼭 필요한 과목으로 모두가 인정합니다. 그러다 보니 영어는 다들 열심히 합니다. 심지어 졸업 후에도 따로 공부를 하지요. 하지만 수학은 수능만 보고 나면 일부 전공자를 제외하면 쓸 일이 없습니다. 밥값을 계산할 때 미적분을 쓰진 않으니까요.

사실 수학은 논리력을 길러주는 등 과학적 사고의 기초를 닦아주는 중요한 학문입니다만, 그게 사람들에게 피부로 와닿지 않습니다. 하기 싫은데 어렵기까지 하니 수학이 트라우마일 수밖에 없지요. 수학에 비할 바는 아니지만 일기 역시 왜

하는지 모르고 하는 '숙제'에 불과합니다.

혹시 일기를 왜 써야 하는지 선생님한테 들은 적이 있나요? 아니면 다른 사람으로부터라도요. 숙제니까 그냥 써야 한다, 이게 제가, 지금 고등학교를 다니는 제 조카가 아는 '일기를 쓰는 이유'입니다. 물론 일기 쓰기의 중요성을 간파하고 제대로 교육하고자 하는 선생님도 요즘은 많을 거라 생각합니다. 하지만 그런 경우에도 '하루를 돌아보고 반성을 해야 한다'는 설명이 대부분입니다. 쓰는 학생들 입장에서 보면 매일 반성해야 하는 일이 그다지 즐거울 리는 없지 않을까요. 그러다 보니 일기가 더 이상 숙제가 아니게 됐을 때 일기를 쓰는 사람이 없는 것도 이해가 갑니다.

일기를 씀으로써 길러지는 장점을 생각해 볼 때 학생들에게 일기를 꼭 쓰도록 초등학교는 물론 중학교, 고등학교 교육에서도 중요한 목표가 돼야 합니다.

그러기 위해 먼저 해야 할 일은 학교 선생님들이 일기를 왜 써야 하는지 학생들에게 지속적으로 얘기해줘야 합니다. 일기를 열심히 쓴 학생에게 상을 주고, 잘 쓴 일기를 모아서 책을 낸다든지 하는 식의 유인책도 필요하고요. 사교육의 논란을 불러일으킬 여지가 있어 조심스럽지만 일기를 성적에 포함시

키는 것도 고려해볼 일입니다. 그냥 숙제 차원이 아니라 일기
쓰기가 습관으로 정착되어 평생 일기를 쓰도록 말이지요.

일기,
검사를 할까요? 말까요

일기의 기본은 솔직함인데

현이가 시험 때 커닝을 했습니다. 앞자리에 앉은, 공부 잘하는 아이의 답안지를 몰래 훔쳐본 것이지요. 그렇게 해서 그는 열 문제 가량을 더 맞았습니다. 그날 밤, 현이는 일기장 앞에 앉았습니다. 그리고 다음과 같은 일기를 씁니다.

◆ 일기 예 3) 시험 그리고 커닝

수학 시험을 봤다. 숫자에 약해서 공부를 열심히 해도 시험을 잘 보기 힘든 처지인데 공부마저 별로 안 했더니 풀 수 있는 문제가 없었다. 대충 찍고 나갈까 하는데 앞자리에 앉은 경민이의 답안지가 눈에 들어왔다. 늘 반에서 1등만 하는 경민이는 문제를 벌써 다 풀었는지 엎드려 자고 있었다. 그리고 그 옆에는 답안지가 삐져나와 있었다. 점수를 잘 받고 싶은 마음에 난 그의 답안지를 베꼈다…….

제가 임의로 쓰긴 했지만 굉장히 감동적이지요? 자신이 수학을 못한다는 고백, 문제지를 받아보니 하나도 모르겠다는 절박함, 커닝에 이르기까지의 과정, 읽다 보면 현이에게 공감이 갑니다. 심지어 누가 그에게 돌을 던지겠느냐는 생각도 들지요. 커닝이라는 음습한 범죄를 다룬 데다 아름다운 단어를 쓴 것도 아닌 이 글이 어떻게 감동을 줄 수 있을까요? 이게 다 현이가 솔직하게 당시 상황을 기술했기 때문입니다. 뇌물을 받은 정치인이 막상 탄로가 나자 "돈을 빌린 것이다."라고 거짓말을 하는 광경이 역겨움을 주는 것과는 대조적으로, 자신의 잘못을 솔직히 인정하고 반성하는 현이의 모습은 아름답기까지 하지요. 또한 우리는 생각합니다. 앞으로 현이는 커닝을 하지 않을 것이다, 라고요.

그런데 말입니다, 현이가 과연 일기장에 솔직하게 자신의 잘못을 고백할 수 있을까요? 전 아니라고 봅니다. 현이가 일기를 쓴 이유는 숙제이기 때문이었습니다. 당연하게도 선생님은 현이의 일기장을 볼 것이고, 그가 커닝을 했다는 사실을 알게 됩니다. 이 경우 선생님은 현이에게 나쁜 감정을 갖게 됩니다. 혹시 선생님이 사려 깊은 분이 아니라면 현이를 불러 커닝에 대해 추궁할 수도 있지 않을까요? 이런 사태가 두려워진 현이는 일기에 커닝한 얘기를 쓰지 못합니다. 일기의 기능 중 하나인 '사실을 기록함으로써 반성을 이끌어냄'은 힘을 잃고, 점수를 더 잘 받은 현이는 다음 시험 때도 커닝을 해야겠다고 마음먹습니다. 바늘 도둑이 소도둑이 된다고, 나중에 어른이 된 현이는 해인사에 있는 팔만대장경을 훔칩니다. 결국 경찰에 붙잡힌 현이는 울면서 부르짖습니다.

"그때 일기장에 커닝 사실을 썼어야 했어!"

일기 검사의 딜레마 1_ 학생은 괴로워

팔만대장경을 훔친 현이, 그의 비극은 선생님이 일기장을 검사하는 것에서부터 비롯됐습니다. 물론 선생님이 일기장 검사를 안 할 수는 없는 노릇입니다. 일기장 검사를 하지 않는다면 안 그래도 할 것 많은 학생들은 일기를 안 쓸 테니까요. 그렇다고 선생님이 일기를 검사하면 학생들은 일기에 자신이 겪은 일을 솔직하게 쓰지 않을 것이고, 이 경우 일기를 쓰는 중요한 목적이 사라집니다. 솔직한 고백과 반성이 결여된 일기가 도대체 무슨 의미가 있을까요?

제목: 일기 검사

어제 저지른 잘못을 쓰는 대신
하지도 않은 착한 일을 썼다
오늘 저지른 잘못을 쓰는 대신
아무 일도 안 했다고 썼다
내일 저지를 잘못을 쓰는 대신
또 무슨 거짓말을 쓰겠지
선생님이 일기를 보고 날 나쁜 애로 볼까 봐
거짓말로 채워지는 내 일기장
그래서 난 요즘 코가 점점 길어진다

어떻습니까? 선생님한테 일기를 보여주기 싫은 학생의 솔직한 마음이 그대로 드러나 있지요.

초등학교 한 선생님이 일기 쓰기에 관한 부담을 나타낸 어떤 학생의 시를 보고 학생들한테 선생님이 하는 일기 검사에 대해 물어봤답니다. 그 결과 저학년은 아무렇지도 않다고 한 반면 4학년 이상의 고학년들은 솔직하게 쓰지 못한다는 이유

글쓰기의 시작,
일기 쓰기입니다

로 검사를 안 했으면 좋겠다고 답했답니다. 그래서 그들 중 일부는 그 날의 일을 솔직하게 적는 일기장과 학교에 제출하는 일기장을 따로 만들기도 한다네요.[1]

일기 검사의 딜레마 2_ 선생님도 괴로워

안 그래도 업무가 많은 선생님들이 학생들의 일기를 일일이 읽고 검사하는 게 쉬운 일이 아닙니다. 다음을 보시죠. 먼저 학생이 쓴 일기입니다.

제목: 고양이

고양이 한 마리가 가 어간다
맛있는거라도 봤는지
소리를 죽여가며 살금살금 기어간다
야, 이 놈아 소리치니
잽싸게 나무 사이로 도망친다
으하하하 재미있다
또 걸리기만 해 봐라

제목: 고양이

고양이 한 마리가 기어간다

맛있는 거라도 봤는지

소리를 죽여 가며 살금살금 기어간다

'야, 이놈아!' 소리치니

잽싸게 나무 사이로 도망친다

으하하하 재미있다

또 걸리기만 해 봐라

　일기라기보단 일종의 '시' 같지요? 가엾은 길고양이를 괜히 놀라게 했다는 게 마음 아프고 이런 종류의 일기에 수반돼야 하는 반성이 없다는 게 아쉽지만, 이 정도면 무난한 일기라고 볼 수도 있습니다.

　실제 학생들 일기를 보여주는 사이트에는 이런 식의 일기들이 많이 보입니다. 그 중 한 일기에 대해 선생님은 "이 따위로 쓰려면 쓰지 마라."라는 평가를 내립니다. 선생님의 이 평가는 큰 화제가 됐습니다. '선생님의 돌직구'라며 긍정적 평가를 하는 분도 있었지만 '동심파괴'라는 반응도 있었습니다. 저는 어느 쪽이냐면 당연히 선생님이 좀 너무하셨다, 입니다. 선생님이 일기 밑에 코멘트를 달아주는 이유는 학생을 격려해 일기를 더 잘 쓰게 함인데 오히려 상처를 줌으로써 일기에서 멀어지게 만들었으니까요. 게다가 선생님은 왜 자신이 이런 평가를 내렸는지 알려주지 않음으로써 학생이 무엇이 잘못됐는지 깨닫지 못하게 합니다. 혹시 다른 업무에 지친 선생님이 일기 검사를 하는 게 짜증난 건 아닐까요?

어쩌면 읽지도 않고 도장만 찍어주는 선생님이 계실지도 모릅니다. 만약 그런 상황이 계속된다면 학생은 일기에 아무 말이나 쓸 것이고 일기로부터 배우는 게 없게 됩니다.

일기 검사 전담 빨간펜 선생님이 필요해

학생들이 일기 쓰기의 의미를 제대로 찾게 하려면 다음 조건이 이루어져야 합니다.

1. 학생이 솔직하게 자기 이야기를 쓸 수 있어야 한다.
2. 일기 검사는 매일 이루어져야 한다.
3. 검사자가 학생의 일기를 읽고 난 뒤 오타나 비문 등을 고쳐주고 보다 매끄러운 문장이 되려면 어떻게 써야 하는지를 알려준다.
4. 검사자가 학생 일기의 내용에 자신의 견해를 달아준다.

1의 조건을 맞추기 위해서는 검사자가 학생을 전혀 모르는 사람이어야 합니다. 물론 모르는 사람이라고 해도 자신만의 내밀한 이야기를 보이는 게 쉽지는 않습니다. 하지만 인터넷에 개설된 카페를 봅시다. 사람들은 다른 곳에서는 털어놓기 어려운 이야기를 글로 써서 올리고 많은 이들이 그 글에 대한 자신의 견해를 댓글로 적습니다. 이런 게 가능한 이유는 그들이 실생활에서는 만날 확률이 없는 사람들이기 때문입니다. 일기도 마찬가지입니다. 담임선생님이 본다면 솔직하게 쓰기 어렵지만 익명성이 보장된다면 오히려 더 솔직하게 이야기를 쓸 수 있지 않을까요? 가정이나 학교에서 어려움을 겪는 학생이 누구에게도 할 수 없었던 구조신호를 보낼 수도 있고 말입니다.

조건 2~4도 마찬가지입니다. 이런 일들을 바쁜 선생님이 감당하기 어려우니 일기 검사만을 전담으로 하는 인력이 확보돼야 합니다.

꼭 정규직 선생님을 뽑을 필요는 없습니다. 대학원생이나 대학원을 졸업한 분들을 아르바이트로 쓰면 됩니다. 물론 교육에 쓸 비용도 모자라는 판에 일기 전담 인력을 뽑으라는 게 한가한 소리처럼 들릴 수 있습니다. 하지만 일기 역시 교육의 일환이라는 점에서 검사를 위한 전담 인력이 있는 편이 훨씬

글쓰기의 시작,
일기 쓰기입니다

더 효율적입니다. 제가 혼자서 글쓰기 훈련을 할 때 제일 아쉬웠던 점은 제 문장을 다듬어줄 '빨간펜 선생님'이었거든요.

이분들을 학교에서 뽑아준다면 아이들은 글쓰기 능력 향상은 물론이고 일기 쓰기 습관이 길러져 자신의 인생을 더 값지게 일구어 나갈 수 있을 것입니다. 더불어 일자리 창출 측면에서도 금상첨화가 아닐까요?

---

1 http://poem7600.tistory.com/179

일기는
기록이에요

일기 없는 삶의 대가

한 아이가 있었습니다. 편의상 철수라고 부르겠습니다. 이 아이는 초등학교 때 부과되는 일기 숙제를 인터넷에서 베껴서 냈습니다. 선생님은 매번 '참 잘했어요'라는 도장을 찍어 주셨기에 철수는 자신의 요령이 대단하다고 생각했습니다.

초등학교를 졸업하고 중학교에 올라가서는 더 이상 일기를 안 써도 되는 줄 알았지만 2학년이 되자 담임을 맡은 국어 선생님이 매일 일기를 쓰라고 합니다. 또 인터넷에서 베껴서 때우면 되겠지 했는데 그러다 걸려서 교실 청소를 일주일 내내 하는 등 고생이 이만저만이 아니었습니다. 3학년이 됐을 때 철수는 "이제 내 인생에서 일기는 없다!"며 감격했습니다. 과연 이 학생은 그 뒤로 쭉 즐겁게 살아갈 수 있었을까요?

물론 그 후, 철수에게 일기를 쓰라고 요구하는 사람은 아무

글쓰기의 시작,
일기 쓰기입니다

도 없었습니다. 하지만 그에게 글을 써야 할 때가 시시때때로 찾아왔습니다. 가장 큰일이 '자소서'라 불리는 자기소개서를 쓰는 일이었습니다. 자신의 장단점을 설명해야 하는 자소서는 절대로 다른 사람이 대신해줄 수 없었으니까요. 게다가 자소서는 대학 입학을 위해 반드시 써야 하는 중요한 문서였기에 철수의 부담은 더 컸습니다. 어쩔 수 없이 책상 앞에 앉은 철수, 하지만 글은 써지지 않았습니다. "난 도대체 누구야!"라고 절규하며 머리카락을 쥐어뜯던 철수, 결국 인터넷에 뜬 다른 사람의 자소서를 참조해 내긴 했습니다만 자기가 봐도 그 자소서는 잘 쓴 게 아니었습니다.

만일 철수가 숙제로 내준 일기를 성실히 썼다면 어땠을까요? 일기만 제대로 썼다면 자소서를 쓰는 일이 그리 두렵지는 않았을 겁니다. 그간 썼던 일기의 축소판이 바로 자소서이기 때문입니다. 한 사람을 규정하는 게 그리 쉬운 일은 아닙니다만 '오랜 기간 그가 생각하고 또 행동한 총합'이라면 '그 사람'이라고 해도 무리가 없지 않을까요? 그러니 '일기 = 자소서'라고 생각해도 과언은 아닙니다.

즉, 일기를 꼬박꼬박 쓰는 것은 매일같이 자기 자신을 규정한다는 의미가 되니 자소서를 쓴답시고 책상에 앉아 "내가 도대체 누구냐?"고 머리를 쥐어뜯지 않아도 된다는 얘기지요.

글이 잘 안 써진다면 그간 쓴 일기를 대충 들춰보기만 해도 자소서에 쓸 말은 많을 것 같네요. 대학 입학뿐 아니라 취업 등에도 자소서가 중요하다는 것만으로도 일기를 쓸 이유는 충분합니다.

일기는 자서전이다

자소서 트라우마 이후 50년이 지났습니다. 20살이었던 철수는 이제 70을 바라보는 나이가 됐지요. 어느 날 철수는 삶이 허무하다는 생각이 들었습니다.

'호랑이는 가죽을 남기고 인간은 이름을 남긴다는데 난 아무것도 남길 게 없구나.'

갑자기 그가 이런 생각을 하게 된 것은 가까이 지내던 친구가 자서전을 냈기 때문이었습니다. 자신과 비교해봐도 별로 뛰어날 게 없던 그 친구가 자서전을 내다니, 좀 어이가 없었습니다. '네가 무슨 자서전이냐?'라는 핀잔과 함께 막 출간된 자서전을 받았는데 막상 읽어보니 제법 읽을 만하더군요. 그 친구를 잘 안다고 생각했지만 몰랐던 부분이 한두 개가 아니었어요. 평범하다고 여겼던 그 친구의 삶도 알고 보니 꽤 근사한 사건들의 연속이었던 겁니다. 서운한 점은 가까운 친구인 자신이 그 책에서 별반 중요한 역할을 하지 않는다는 것이었어요.

철수는 자신도 자서전을 쓰기로 결심합니다. 사소한 사건도 부풀리고, 없는 사건도 날조해서 자신이 대단한 인물처럼 보이는 멋진 자서전을 쓰자고 마음먹습니다. 그가 글을 쓰려고 책상 앞에 앉은 것은 자소서를 쓰던 날 이후 처음이었습니다. 그런데 당최 쓸 말이 없는 겁니다. 그래도 70년 가까이 살았으니 자서전에 쓸 에피소드가 넘칠 줄 알았는데 기억나는 게 하나도 없고 머릿속이 하얗습니다. 며칠을 끙끙거리던 철수는 안 되겠다 싶어 친구를 불렀습니다.

"자넨 어떻게 그리 기억력이 좋은 거야?"

친구는 그게 다 일기 덕분이라고 했습니다. 초등학교 때부터 쓰던 일기를 모두 가지고 있는데 그 중에서 중요한 것들만 추려서 다시 썼답니다.

"자서전 쓰느라고 그간 쓴 일기를 죄다 읽어 봤네. 내 평생이 거기 다 들어 있더군. 어찌나 재미있던지."

그날 밤, 철수는 통 잠을 이루지 못했습니다. 자신의 인생이 송두리째 날아가 버린 듯한 박탈감 때문이었습니다. 정말 오랜만에 철수는 중2 때 담임선생님을 떠올렸습니다.

'그때부터라도 일기를 썼다면 좋았을 텐데.'

다음 날 저녁, 철수는 중학교에 다니는 손자에게 전화를 걸었습니다. 어릴 적 예뻐해줬지만 어느 순간부터 소원해진 손자였습니다. 그래도 철수는 이 말은 꼭 전하고 싶었습니다.

"야, 준홍아. 할아버지가 부탁 하나만 하자. 너 오늘부터 매일 일기 써라. 한 달 동안 다 쓰면 할아버지가 용돈 줄게."

준홍이가 그러마고 대답했지만 별로 성의는 없어 보였습니다. 엄마가 옆에서 누구냐고 물었을 때 준홍이는 이렇게 말했습니다.

"할아버지. 근데 좀 이상하셔. 갑자기 나한테 일기 쓰래."

그럼, SNS는?

살아생전 철수가 기록 남기기를 등한시한 것만은 아니었습니다. 철수는 인스타그램에 열심이었어요. 사진을 주로 올리고 글은 간단하게 쓰면 되었기에 부담이 전혀 없었지요. 맛있는 것을 먹기 전 사진을 찍어 인스타에 올리고 바닷가 등에 놀러 갔을 때도 바다 사진으로 '좋아요'를 수십 개씩 받았습니다. 하지만 그건 그때뿐이었어요. '스테이크 먹는 중'이라는 게시물은 올린 당일에는 '부럽다' 같은 댓글을 받았지만 일주일이

글쓰기의 시작,
일기 쓰기입니다

지난 뒤엔 아무도 그 게시물에 관심을 보이지 않았습니다. "너 한 달 전에 스테이크 먹었구나. 정말 대단해!" 같은 댓글을 다는 건 상식적으로 말이 안 되니까요. 게다가 거기 올린 게시물들은 죄다 자신의 멋진 면만을 부각시키는 허세를 위한 도구였습니다. 생판 모르는 사람의 외제차 옆에서 사진을 찍은 뒤 '내 애마'라는 설명을 붙인 적도 있었는데 그때 '좋아요'가 처음으로 100개를 넘었어요. 그 후부터는 어떻게 하면 더 멋있게 보일 수 있을지만 궁리했을 뿐입니다.

더 아쉬운 점은 인스타가 영원하지 않다는 사실이었습니다. 인스타가 나오기 전 철수는 사이월드에 사진을 올리곤 했습니다. 다른 친구들 사이트에 가서 댓글을 주고받는 것도 재미있었습니다. 하지만 그것도 한때일 뿐이어서 어느 순간 흥미가 떨어져 잘 들어가지 않게 됐습니다. 몇 년 뒤 사이월드가 문을 닫는다고 했을 때도 그다지 서운하지 않았습니다. 인스타그램도 마찬가지였습니다. 그보다 훨씬 더 간편한 기능을 가진 '아웃스타'가 나오고 사람들이 다 그쪽으로 갈아타고 나자 인스타그램은 쓸쓸히 문을 닫았습니다. 거기 올린 사진들은 물론이고 철수가 그토록 추구했던 '좋아요'도 다 사라지고 만 것이지요. 당시엔 몰랐지만 나이가 들어서 보니 SNS를 왜 그렇게 열심히 했는지 허무하기만 합니다. 철수의 입에서는 다음과 같은 노래가 나옵니다.

젊은 날엔 일기를 안 쓰고 인스타에만 올인했네
하지만 이제 뒤돌아보니 남는 것은 일기밖에 없구나
인스타가 문을 닫을 때 떠내려가는 건 한 다발의 허세
그렇게 이제 뒤돌아보니 추억을 남기는 건 소중하구나
언젠가는 우리 후회하리 어디서 뭘 했는지 아무도 모른다고
언젠가는 우리 후회하리 남은 추억 하나도 없다고

글쓰기의 시작,
일기 쓰기입니다

Part 2

일기 쓰기,
당장 시작할까요?

글쓰기 노트를 준비하세요
: 30분 일기 쓰기의 비밀

누구에게나 시간은 없다

우리가 일기를 안 쓰는 이유 중 가장 큰 것은 귀찮기 때문이지만 쓰려고 마음을 먹어도 안 되는 건 시간이 없기 때문이기도 합니다. 초등학교 때야 숙제로 내주니까 억지로 쓰지만 그 억압으로부터 벗어났는데 시간을 내서 일기를 쓴다? 지금 당장 해야 할 일이 얼마나 많은데 일기를 쓴답시고 낑낑대야 할까요? 말이 안 되는 일입니다. 아무리 일기가 미래에 글을 잘 쓰게 하는 등 숱한 이익을 가져다준다 해도 '지금 당장' 시급한 문제는 아닙니다.

이참에 한번 생각해 봅시다. 그 날 일기를 쓰는 데 얼마나 시간이 걸릴까요? 대충 두세 줄로 마무리하면 10분이면 쓸 수도 있지만 적어도 글쓰기에 도움이 되기 위해서는 A4 종이 4분의 3 정도는 써야 하는데 이 만큼을 쓰려면 꽤 시간이 걸릴 것 같네요. 일단 뭘 쓸지 생각을 해야 하지요. 생각을 하다가 생각이 잘 안 나면 인터넷을 한 바퀴 돌고 와야지요. 그래, 이걸로 쓰자, 라고 결정한 뒤에도 막상 글은 잘 써지지 않습니다. 서너 줄 정도 쓰다가 진도가 안 나가면 어떻게 하겠습니까? 머리도 식힐 겸 인터넷이나 한 바퀴 또 돌고 와야지요. 그렇게 다시 서너 줄을 쓰고, 또 인터넷을 돌고 오고, 확 그만둘까 생각하다가 "그래도 결심한 지 일주일도 안 됐는데……."라며 마음을 다시 잡고, 이런 식으로 겨우 완성한다면 2시간은 걸릴 겁니다. 이건 제가 실제로 겪었던 일이니 다른 분들이라고 특별히 다를 것 같지는 않습니다. 안타까운 건 저 2시간 중 순수하게 글에만 쏟은 시간은 30분 정도밖에 안 된다는 사실이지요.

하지만 이보다 더 안타까운 일이 있지요. 매일 이렇게 난리를 치면서 일기를 쓸 수는 없다는 것입니다. 아무리 한가해도 그렇지, 어떻게 하루 2시간씩 투자해가며 일기를 씁니까? 우리는 모두 바쁩니다. 중, 고등학생은 입시 부담 때문에 공부 이외의 일을 하면 마음이 초조해집니다. 물론 그분들이 늘 공부만 하는 건 아니지만 밤늦은 시간에 일기를 쓰는 건 사치로 여겨질지도 모르겠네요.

그런데 입시가 끝나면 그 때부터는 넉넉하게 일기를 쓸 수 있을까요? 절대 그렇지 않습니다. 대학에 가면 더 바쁩니다.

취업이 어려운 시대니만큼 학점 관리도 잘 해야 하고, 토익 공부 등 취업 준비도 게을리하면 안 됩니다. 비싼 등록금을 해결하려면 아르바이트도 해야 합니다. 그렇다고 대학에 가려고 미뤄뒀던 연애를 안 할 수는 없습니다. 과 행사 같은 곳에도 참석해야지요. 이런데 어떻게 일기를 씁니까?

취업을 하면 시간은 더 없습니다. 회사는 일이 굉장히 많은 곳입니다. 그 일은 해도 해도 끝이 없고, 큰일 하나를 끝내고 난 뒤에는 더 큰일이 닥치기 마련입니다. 이렇게 본다면 차라리 입시 중압감에 시달리기는 하지만 중, 고생 때가 시간이 제일 많은 것 같네요. 제가 이 책을 누구보다도 '청소년들이 읽기를 바라는 이유'가 바로 여기 있습니다. 청소년 여러분이 바로 지금, 일기 쓰기를 습관으로 만들어 놓으면 대학에 가고 취업을 하는 등 더 바쁜 일상을 겪는다 해도 계속 일기를 쓸 수 있지 않을까 해서입니다.

소재는 미리 정해야 한다_ 얼개 만들기

이런 반문이 나올 수 있습니다. 대학에 가고, 또 취업을 하면 더 바쁜 것은 인정한다, 하지만 그게 입시를 앞둔 중고생이 매일 밤 2시간씩 일기를 쓰는 것을 정당화할 수는 없지 않느냐? 저 역시 그 점에 전적으로 동의합니다. 일기 쓰기에 투자되는 시간은, 그러니까 컴퓨터 앞에 있는 시간만 따져서 30분을 넘기면 안 됩니다. 잠들기 전에 일기를 쓰며 그 날 하루를 반성하는 학생이라면, 왠지 앞날이 굉장히 밝을 것 같다는 생각이 들지요? 반면, 제가 던진 '30분'이라는 말에 짜증이 날 수도 있습니다.

"그래, 넌 글 잘 쓰니까 30분이면 쓰지, 난 글도 못쓰는데 그 시간에 어떻게 쓰냐?"

제가 이제부터 말씀드리는 것은 어떻게 하면 30분 안에 일기 한 편을 쓸 수 있는가 하는 것입니다.

우선, 일기를 빨리 쓰기 위해서는 뭘 쓸지 소재를 미리 생각해 놓아야 합니다. 안 그래도 피곤한데 책상머리에 앉아서 소재를 짜내려고 애써봤자 쓸 만한 소재가 나오지 않지요. 이걸 쓸까, 아니야 이건 좀 이상해, 저건 어떨까, 저것도 좀 구린데? 이렇게 갈팡질팡하는 사이에 시간은 점점 흘러가고 가뜩이나 잠이 부족한 그 학생은 점점 눈이 감기기 시작합니다.

"아, 일기는 내일 써야겠다."

그 내일이 모레가 되고, 모레는 글피가 됩니다. 일기를 매일 쓰는 게 어려운 이유입니다.

하지만 쓸 만한 소재를 미리 갖고 있다면 사정은 달라집니다. 소재를 고르기 위해 방황하는 시간이 줄어들지요? 게다가 사람이란 소재가 있으면 그걸 가지고 어떻게든 써보려고 노력하게 마련입니다. 하지만 이것으로 다 해결되는 것은 물론 아닙니다. 생각한 소재가 있다 해도 그걸 가지고 글을 쓰는 게 그리 쉽지 않기 때문이지요.

저녁 때 학원으로 가다가 맡은 전집에서 풍겨내는 고소한 냄새의 빈대떡을 가지고 글을 쓴다고 해 봅시다. 먹은 것도 아니고 그냥 보기만 한 건데 이걸 가지고 A4 종이 4분의 3을 어떻게 채울까요? 소재는 정했으니 이렇게 써보고 저렇게 써보다가, 쓴 걸 다 지웠다가, 이러는 사이 시간은 점점 흘러갑니다. 겨우 일기를 마무리 짓고 보니 아뿔싸, 무려 1시간 동안 사투를 벌였네요. 잠이 부족한 중고생에게 1시간씩 매일 시간을 내는 건 무리한 요구입니다. 대학생이나 회사원이라고 다르지 않고요.

그래서 한 가지 팁을 더 드립니다. 소재와 더불어 어떻게 쓸지를 미리 생각해 놓는다면, 그러니까 글의 얼개를 미리 만들어 놓는다면 글쓰기가 훨씬 수월하겠지요. 이렇게 말입니다.

— 오늘은 빈대떡에 대해서 쓰자.

―학원에 가다가 보니 TV에서도 소개될 만큼 유명한 전집에서 빈대떡을 팔고 있다.

―어릴 적 큰집에서 제사를 지낼 때 처음 먹었던 빈대떡 이야기.

―제사에 갈 때마다 빈대떡을 지지고 계시던 큰어머니의 모습.

―한국의 전통 음식인 빈대떡이 일본의 오코노미야끼처럼 세계적 음식은 될 수 없을까.

이 정도까지 미리 생각해 놓는다면 30분이면 충분히 쓸 수 있습니다. 그러니까 제가 위에서 말한 30분의 비밀은 글을 잘 쓰냐 못쓰냐에 달린 게 아니라 소재와 얼개를 미리 준비하는 데 있답니다.

그런데 또 걱정이 됩니다. 바쁜 일상을 보내는 와중에 글쓰기 소재가 매일같이 생각이 날까요? 소재를 구하지 못한 날 책상머리에 앉아 있으면 머리가 더 아프지 않을까요?

글쓰기 노트의 필요성 1_ 뮤즈를 사로잡아라

그래서 글쓰기 노트가 필요합니다. 적어도 몇 년간 일기를 쓰겠다는 분에게는 노트와 펜은 절대적으로 필요합니다. 요즘 같은 스마트폰 시대에 노트와 펜이라니, 이거 너무 시대를 역행하는 게 아닐까 싶겠지요. 여기엔 두 가지 이유가 있습니다.

첫째, 글쓰기 소재는 원래 갑자기 떠오릅니다. 작가들은 그걸 그리스 신화에 나오는 예술의 신인 '뮤즈'에 비유합니다. 이 뮤즈라는 분은 워낙 빠른 속도로 왔다가 그냥 가버리는 게 특징입니다. 버스를 타고 지나가다 빈대떡을 보는 순간에는 '아, 빈대떡에 대해 쓰자'고 생각을 하겠지만 1분만 지나면 그 생각은 없어지고 '내가 뭘 쓰겠다고 했지?' 하며 고개를 갸웃거리게 됩니다. 게다가 하루에 워낙 많은 일들이 일어나지 않습니까? 버스에 교복을 차려입은 예쁘장한 여학생이 탄다면 그 순간 '빈대떡'은 사라지고 말 것입니다. 이런 상태로 집에 가서 일기를 쓰려면 짜증만 납니다.

"에이, 엄청난 소재가 있었는데!"

이 짜증의 결론은 "오늘은 그냥 잔다."입니다.

그러니 뮤즈가 왔을 때 잽싸게 뮤즈를 붙잡아둘 필요가 있습니다. 가장 좋은 게 바로 노트에 써놓는 것이지요. '빈대떡'이라고 쓰고, 뭐에 대해 쓸지 대략의 얼개를 짜놓는 겁니다.

이런 의문이 들 수 있습니다. '아예, 스마트폰에다 써도 되지 않을까? 삼성에서 나온 휴대폰 "노트 시리즈"는 메모를 할 수 있게 펜까지 있잖아?' 물론 그렇습니다만, 실제로 스마트폰을 그런 용도로 사용하는 분은 극히 드뭅니다. 그건 스마트폰이 가진 치명적인 매력 때문입니다.

뮤즈가 와서 붙잡으려고 스마트폰을 꺼내는 순간, 모든 것이 달라집니다. 카톡이 와 있네요? 읽고 난 뒤 답을 보내겠지요. 그럼 그 친구가 또 답을 합니다. 거기다 답을 또 하다가 '아, 맞다. 나는 뮤즈를 잡으러 스마트폰을 꺼낸 것이지'라는 생각에 카톡을 종료합니다. 그런데 이왕 스마트폰에 들어온 김에 인터넷도 한번 둘러봐야지요. 좋아하는 걸그룹의 소식은 없는지, 누가 열애 중인지, 스포츠 경기 결과는 어떻게 되는지도 궁금합니다. 많이 본 뉴스에 '걸그룹 멤버 xxx, 하의실종' 같은 기사가 나오면 얼른 봐야죠. 이밖에도 자신의 SNS에 들어가 볼 수도 있고, 즐겨 가는 게시판에 갈 수도 있겠지요. 이렇게 한바탕 놀고 나면 뮤즈고 뭐고, 다 아무 쓸데없는 것이 돼버린 지 오래입니다.

설사 스마트폰에 글을 쓰려고 해도 문제는 남지요. 막상 써보시면 거기다 글을 쓰는 것이 아주 편하지는 않다는 것을 깨달으실 거예요. 몇 줄 쓰면 한 페이지가 그냥 넘어가거든요. 게다가 '폰 노트'에 딸려나오는 펜은 곧잘 분실됩니다.

반면 종이로 된 노트는 어떻습니까? 그냥 노트를 가방에서 꺼내서 펜으로 쓰면 됩니다. 뮤즈를 붙잡지 못하게 방해하는 요소는 전혀 없습니다. 아무리 길게 써도 관계없습니다. 저는 당연히 가방에 펜과 노트를 항상 가지고 다닙니다. 그 노트는 제 글의 원천이지요. 써야 할 글의 소재와 그에 따른 얼개, 경우에 따라서는 글의 전문이 그 안에 들어 있습니다. 그걸 가지고 집에 가서 그대로 베끼고, 약간의 수정만 거치면 한 편의 글이 됩니다. 노트의 위력이 얼마나 큰지 한 가지 예를 들어볼게요.

2016년 어느 날, 저는 KTX를 타고 제 집인 천안에서 서울로 가고 있었습니다. 지금도 그렇지만 그때도 저는 〈경향신문〉에 칼럼을 쓰고 있었는데 마감일이 그로부터 이틀 뒤였습니다. 기차 안에서 신문을 보는데 갑자기 글의 소재가 떠오르지 뭡니까? 잽싸게 노트를 꺼내서 생각난 것을 쓰기 시작했습니다. 천안과 서울은 그리 멀지 않아 37분 정도면 갑니다. 그 동안 뮤즈가 떠나갈까 무서워하며 마구 써 내려갔습니다. 그날 밤 집에 돌아간 뒤 노트에 적힌 글을 컴퓨터로 옮겼습니다. 분량을 조절하고 문장을 다듬는 시간까지 더해서 걸린 시간은 50분 정도였습니다. 저는 그 글을 〈경향신문〉의 제 칼럼 담당자분께 보냈고 OK를 받았습니다. 그리고 그 글은 독자들로부터 '사이다'라는 찬사를 받았습니다.

만일 제가 기차에서 스마트폰만 들여다보면서 서울로 갔다면 그날 밤 칼럼으로 무엇에 대해 쓸지 한참을 생각했겠지요.

그런 날이면 칼럼을 쓰는 데 4시간이 넘게 걸리는데요, 더 슬픈 건 억지로 짜내듯 쓴 글은 반응도 별로 좋지 않답니다. 이것이 노트를 휴대해야 할 첫 번째 이유입니다. 물론 펜도 반드시 지참해야겠지요. 혹시 잃어버릴 수도 있으니 넉넉하게 3자루는 갖고 다니십시오.

글쓰기 노트의 필요성 2_ 모든 것을 기록하라

두 번째 이유를 말씀드리기 전에 스마트폰 얘기를 좀 하겠습니다. 2000년대 초반까지만 해도 사진은 카메라로 찍는 것이었습니다. 그 당시를 풍미하던 디지털 카메라(디카)는 가격이 비싼 만큼 하나 가지고 있으면 뿌듯하기 짝이 없었습니다. 그 카메라는 어디 여행을 갈 때, 아니면 중요한 행사가 있을 때 같은 특별한 이벤트가 있어야 챙겨 가는 물품이었지요. 디카는 그 속성상 사진을 마음껏 찍었다 지웠다 할 수 있었지만 그래도 뭔가 의미 있는 것만 카메라에 담으려 했습니다. 카메라는 으레 그런 것이니까요.

그러던 중 당시를 풍미하던 2G 휴대폰-대표적인 게 폴더폰-에 카메라가 장착됩니다. 소위 '폰카'입니다. 화질은 디카에 비교할 바가 아니었습니다만 카메라가 휴대폰에 장착됐다는 것은 그 자체로 혁명이었습니다. 갑자기 자기 자신을 찍는 사람들이 늘어났습니다. 그 이전까지만 해도 디카로 자신을 찍는 사람은 여행 중인 사람을 제외하면 없었는데 폰카는 그렇지 않았습니다. 우리가 보기엔 별 의미가 없어 보이는 것들도 일단 찍은 뒤 싸이월드에 올렸고, 그 밑에 한 줄로 의미를 만들었습니다. 예컨대 뾰로통한 표정의 자기 얼굴을 찍고 그 밑에 '친구가 늦음'이라고 쓰는 식이지요.

그러다 그 사건이 일어났습니다. 스마트폰이 출시된 것이지요. 스티브 잡스가 만들어낸 이 괴물은 인간의 삶을 자신에게 종속시켰습니다. 그건 여기서 다룰 문제는 아니니 넘어가고요, 중요한 것은 그 스마트폰에 장착된 카메라의 놀랄 만한 성능이었습니다. 그 이전의 디카가 구현했던 화질을 가볍게 뛰어넘는 데다 블로그 등에 올리기도 아주 쉽습니다. 용량도 풍부해 마음껏 찍어도 아무 문제가 없었지요. 그때부터 사람들은 마구 사진을 찍기 시작합니다. 모양이 예쁜 음식은 예뻐서 한 컷, 안 예쁜 음식은 안 예뻐서 한 컷, 기차를 타기 전에 한 컷, 기차에 올라탄 뒤 안에서 한 컷, 지나가다 한 컷, 2G 시절의 폰카와는 비교도 되지 않을 정도의 양입니다.

글쓰기 노트를 얘기한다면서 카메라 얘기를 길게 하는 건,

83

이게 노트를 휴대하는 것과 관계가 있기 때문입니다. 잠깐 지금까지 얘기를 정리해 볼게요.

디카 시절 의미 있는 것들만 사진을 찍었다.

2G 폰카 시절 찍고 의미를 만들었다. 용량이 제한됐으니 막 찍진 못했다.

스마트폰 시절 의미고 뭐고, 그냥 막 찍는다.

고화질의 사진을 찍을 수 있고, 휴대마저 간편한 카메라가 모든 이에게 주어지자 사람들은 자신의 일상을 다 카메라에 담기 시작했습니다. 손안에 카메라가 늘 있으니 자신이 경험하는 모든 것들이 사진 찍을 대상이 됐던 것이지요. 하다못해 편의점에서 먹는 라면까지도요.

자, 그렇다면 말입니다, 노트를 늘 휴대하면 어떻게 될까요? 카메라 대신 자신의 일상을 노트에 메모한다면 말이죠. 자신이 겪는 모든 일들이 오늘 쓸 일기의 소재가 될 수 있지 않겠습니까?

적어도 일기를 쓰겠다고 마음먹었다면 카메라 대신 노트를 손에 들고 다니십시오. 그렇게 한다면 앞으로 남은 나날 동안 뭘 써야 할지 고민하는 일 없이 일기를 쓸 수 있습니다. 30분

안에 일기를 씀으로써 시간을 절약하는 것도 글쓰기 노트의 선물이겠지요. 그러니 지금 나가서 가방에 들어갈 만한 작은 노트를 하나 사십시오. 그 노트를 사는 날이 당신 일기의 출발점이 됩니다.

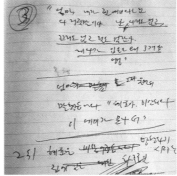

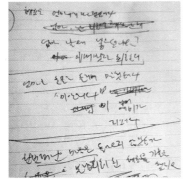

일기 쓰기의 원천, 노트 메모의 흔적들

대결, 일기장 vs 블로그
: 선택이 반

일기장(노트)의 장점

어린 시절, 그러니까 일기가 숙제일 때 우리는 '일기장'이라고 적힌 노트에 일기를 썼지요. 일기장이 강요됐던 이유 중 하나는 담임선생님이 일기를 검사하기 편해서 그런 것도 있을 겁니다. 일기 검사를 위해 모든 학생의 블로그를 다 들어가 보는 건 어려울 테니까요. 자, 그렇다면 더 이상 일기가 의무가 아니게 된 지금, 일기는 어디다 쓰는 게 좋을까요? 블로그 아니겠냐 싶은 분이 많으실지도 모르겠지만 노트에 쓰는 것도 나름의 장점이 있습니다.

1) 편하다

노트에 쓰면 언제 어디서나 편하게 글을 쓸 수 있습니다. 스마트폰이 대중화된 지금은 어디서나 인터넷 접속이 가능하지만 앞서 말한 것처럼 스마트폰은 글을 써서 올리기엔 적합하지 않은 수단입니다. 인터넷에 글을 길게 써놨다가 갑자기 접속이 끊겨서 글을 날려버린 경험, 한 번쯤은 있을 겁니다. 하지만 노트야 어디 그렇습니까. 10분의 시간이 있다? 노트에 후다닥 일기를 쓰면 됩니다. 다 못 쓰면 다음에 짬이 날 때 이어 쓰면 되지요.

2) 집중할 수 있다

블로그에 일기를 쓰는 것의 최대 단점은 딴짓을 많이 하게 된다는 것이지요. 두 줄 정도 쓰면 혼자 뿌듯해서 즐겨 가는 인터넷 사이트를 둘러보고, 또 두세 줄 쓰고 30분 놀고, 이렇게 되잖습니까? 하지만 컴퓨터를 켜지 않은 상태에서 노트에 일기를 쓰면 다른 할 일이 없어서 일기 쓰기에만 집중하게 됩니다. 이건 상상 이상으로 큰 장점입니다. 글이 안 돼서 머리를 쥐어뜯어도 인터넷 서핑을 하는 시간보다는 시간이 덜 걸리고요, 머리를 쥐어뜯는 그 과정도 사실은 글쓰기 실력을 배양하는 데 도움이 된답니다.

3) 있어 보인다

게다가 남들이 보기엔 노트에 뭔가 끼적대고 있으면, 설사 그게 볼펜 똥을 지우는 과정이라 해도 뭔가 그럴듯한 일을 하는 것처럼 보입니다.

언젠가 회의 때 너무 지루해서 노트에 그림을 그리고 있었어요. 그때 학장님이 갑자기 "서민 봐라. 저렇게 회의에 열심이잖나."라고 칭찬을 하더군요. 반면 스마트폰으로 글을 쓰고 있으면 그 글이 아무리 심오하고 인류 역사를 바꿀 수 있는 내용이라 할지라도 노는 것처럼 보입니다. 겉으로야 어떨지 몰라도 속으로는 이런 생각을 합니다.

'쟤 또 카톡하고 있네? 인터넷 중독이야 뭐야.'

카톡하는 게 아니라 글 쓰는 중이라고 항변해도 이런 답변이 돌아옵니다.

"또 어디다 댓글이나 쓰고 있겠지."

일기를 쓰면서 이런 욕을 먹으면 너무 억울하지 않습니까? 이 시대에도 노트가 팔리는 건 이 때문인지도 모릅니다.

4) 일정한 분량을 쓸 수 있다

어느 분의 일기 모음을 본 적이 있습니다. 초등학교 때부터 지금까지 쭉 일기를 쓰신 분이었거든요. 일기가 더 이상 숙제가 아니게 되자 이분은 노트 대신 싸이월드와 페이스북에 일기를 썼습니다. 싸이월드는 없어져서 볼 수가 없었지만 페이스북 일기를 보니 느끼는 게 있었습니다. 너무 간단했거든요. 이런 식이었습니다.

	제목: 미용
✎ 글쓰기 ☀관리·통계 카테고리 📄 전체보기 (0) EDIT 📄 낙서장 📄 포토로그 ▼	머리를 했다. 마음에 안 든다. 미용실 바꿔야겠다.

글 잘 쓰는 비결이 매일 조금씩 쓰는 것이지만 이건 너무 조금 아닙니까? 이렇게 쓰면 일기를 통해 얻을 수 있는 것들을 다 놓치게 되며 그냥 '나는 일기를 쓴다'는 위안만 남는답니다. 물론 이런 식으로 쓰다가 갑자기 깨달음을 얻어서 긴 분량을 쓸 수도 있지만 한 달에 한 번 몰아서 운동을 한다고 해서 건강해지진 않지요.

블로그 일기가 간단해지는 건, 그래도 되기 때문입니다. 두 줄을 쓴다고 해서 그 아래 커다란 여백이 남는 건 아니거든요. 오히려 한두 줄로 자신의 상태를 표현해 놓으면 멋져 보이기도 합니다.

'나 자신과 대화 중.'

뭔가 있어 보이죠? 노트는 다릅니다. 보통 한 페이지에 하루치 일기를 쓰게 마련인데요, 거기다 한 줄만 달랑 쓰면 빈 공간이 자신의 목을 조르는 것 같습니다. 양심상 몇 줄이라도 더 쓰게 되는 거죠.

5) 멋짐의 이면을 보게 한다

블로그 일기의 최대 단점이 바로 사진을 올릴 수 있다는 것이지요. 편한 길이 있다면 사람들은 대개 그 길로 갑니다. 애써 글로 그 날을 묘사하기보다는 사진 몇 장으로 간단히 해결하려 합니다. "나 좋은 음식 먹었다."라고 말하기보다는 미디움으로 구워진 고기와 야채가 담긴 접시 사진을 올리는 게 더 효과가 있습니다. "와 맛있겠다." 같은 댓글도 수집할 수 있고요. 그 날 입은 옷, 먹은 음식, 본 것 등이 일기의 탈을 쓰고 블로그에 올라오는 것도 그 때문입니다.

하지만 말입니다, 편한 길에는 대가가 따릅니다. 사진으로 일상을 표현하는 사람은 그 장면을 글로 표현하기 위해 머리를 짜낸 사람보다 글을 잘 쓰기 힘들지요.

더 중요한 것이 있습니다. 사진에 적합한 대상과 글쓰기에 적합한 대상이 다르다는 점입니다. 스테이크 요리는 명백한 전자입니다. 사진으로 봤을 때는 군침이 돌게 하지만 글로 '나 스테이크 먹었다.'라고 써봤자 아무도 관심을 주지 않습니다. '그래서 어쩌라고?' 같은 댓글이 달리기 십상입니다. 하지만 그 요리의 맛이 있고 없고는 사진으로 담기 힘드니 글로 쓸 수밖에 없습니다. 제가 지금 무슨 말을 하는 거냐고요? 사진에 의존해 블로그 일기를 쓰는 사람은 멋지고 화려한 것만 보게 된다는 것이지요. 반면 글로 세상을 표현하려는 사람은 그 멋짐의 이면을 볼 수 있다는 거예요.

《마크 트웨인 여행기》[1]는 유명 작가인 마크 트웨인이 유럽과 아프리카 여러 나라를 돌며 쓴 여행기입니다. 그런데 여기에는 음식 얘기가 거의 나오지 않습니다. 낯선 곳에 갔는데 얼마나 신기한 음식이 많겠습니까? 그런데도 음식에 대해 언급된 장면은 가물에 콩 나듯 나옵니다. 그 중 하나를 보죠.

우리는 꾸물거리는 호텔 식사를 인내심을 가지고서 평온하고 만족스럽게 감내해야 했다. 수프를 먹고 생선 요리를 몇 분 동안 기다린다. 몇 분이 더 지나서야 접시를 내가고 구운 쇠고기가 나온다. 다시 접시를 치우고 우리는 완두콩 요리를 먹는다. 다시 접시를 치우고 렌즈콩 요리를 먹는다. 접시를 치우고 달팽이 파이를 먹는다. 접시를 다시 치우고 구운 닭고기와 샐러드를 먹는다. 그 다음엔 딸기 파이와 아이스크림이 나오고 다음에 초록색 무화과 열매와 배, 오렌지, 초록색 아몬드 등이 나오며 마지막으로 커피가 나온다. 프랑스에서는 모든 코스에 물론 와인이 곁들여진다.

이런 식으로 음식이 나오므로 천천히 소화하게 되어 우리는 서늘한 방에 오래 기다려야만 해서 담배를 피우고 프랑스 신문을 읽지만…….(상권 108쪽)

이걸 보면서 뭘 느끼십니까? 마크 트웨인이 코스 요리들을 죄다 사진으로 찍어서 올렸다면, 우리는 "와 대박!" 이런 느낌을 받았겠지요. 하지만 이 글에서 우리는 음식이 맛있다는 생각을 하지 못합니다. 대신 지루하다는 느낌이 들지요. 마크 트웨인이 전달하고자 했던 것도 바로 그것입니다. 이 지루함은 사진으로는 표현하기 힘든 부분이지요. 글은 이렇듯 맛 이면에 있는 뭔가를 전달하는 데 적합합니다.

원래 작가는 눈으로 볼 수 있는 세상 그 너머를 보는 존재입니다. 다들 세상이 평온하고 잘 돌아간다고 느낄 때 작가는 "아니야. 이 세상을 떠받치기 위해 희생되는 사람들이 저 밑바닥에 있어!"라고 외친다는 뜻이지요. 나는 작가가 안 될 것이니 괜찮아, 라고 생각하실 수도 있겠지만 그래도 코끼리 다리보단 코끼리의 실체를 보는 사람이 되는 게 더 낫지 않을까요?

그럼 사진작가는 뭐냐, 라고 하겠지만 사진작가는 사물의 이면을 보도록 고도로 훈련받은 사람이니 요리 화보를 촬영하는 일 이외에는 예쁘게 데코레이션 된 스테이크를 찍는 일은 하지 않는답니다.

사진에 대해 한 가지 더 말씀드립니다. 스테이크 사진은요, 구글을 검색해보면 굉장히 많습니다. 자신이 올리는 스테이크 사진이 그것들과 차별성이 있을까요? 다이아몬드의 가치가 그 귀함에 있는 것처럼 검색하면 나오는 사진으로 하루를 대신한 일기는 의미를 갖기 어렵습니다. 하지만 자신이 느낀 맛은, 설령 그게 맛있다, 맛없다로 표현된다 해도 자기 고유의 것이며 나름의 의미를 갖습니다. 일기를 노트에 글로 쓰는 게 좋은 이유입니다.

6) 영원성에 대해

블로그에 일기를 쓰는 것의 장점에 대해 이렇게 이야기하곤 하지요. 해당 사이트가 없어지지 않는 한 그 안에 담긴 기록은 영원히 보존될 수 있다고요. 맞는 말입니다. 누가 여기에 이의를 제기할 수 있겠어요?

그런데 말입니다, 영원한 것은 없더라고요. 한때 잘나가던 싸이월드가 없어졌습니다. 제 초등학교 동창들이 모였던 '프리챌(freechal)'도 유료화 여파로 사라졌습니다. 제가 처음 글을 쓰던 '드림위즈'도 없어졌습니다. 무려 8년이나 거기다 글을 썼는데 말입니다. 이것들이 예외적인 사례라고 생각하겠지만 꼭 그런 것만은 아닙니다. 지금은 막강한 제국처럼 보이는 페이스북이 20년 후에도 건재할까요?

기술의 발달은 기존의 것들을 구닥다리로 만들어 버립니다. 편리한 친구찾기로 무장한 페이스북에 비하면 싸이월드는 구닥다리였고 그래서 망했습니다. 이런 일은 앞으로도 계속될 것입니다. 하지만 노트는 자신이 살아 있는 동안에는 영원할 수 있습니다. 제가 앞에서 말한 분은 초등학교 때 일기장 20여 권을 지금도 보관하고 있고 그래서 아무 때곤 들춰보며 웃음지을 수 있었답니다.

이런 반론이 가능하겠지요. 사이트가 없어질 때는 미리 예고를 하니 원한다면 얼마든지 글을 저장해놓을 수 있다고요. 이론적으로는 가능하지만 정말 그렇게 하는 사람이 있을까요? 일단 귀찮고, 귀찮다 보니 저 글들에 무슨 대단한 의미가 있을까, 하는 생각이 든답니다. 저도 드림위즈가 없어졌을 때 그 홈페이지에 있던 글들을 새로 장만한 곳으로 옮기려 했습니다. 근데 한 300개 정도 옮겼을 때 이런 생각이 들더군요.

'이걸 언제 다 옮기냐?'

결국 저는 '앞으로 글을 더 멋지게 쓰자'고 스스로를 합리화하며 기존 글을 사장시켰습니다. 사이버공간은 이렇게 덧없다니까요.

블로그의 장점

노트의 장점에 대해 사자후를 토하고 났더니 블로그 일기가 너무 초라하게 느껴집니다. 하지만 블로그 일기의 장점도 분명 있습니다.

1) 분실 염려가 없다

일기를 써야지, 마음먹고 한 달간 일기를 썼습니다. 그런데 술을 많이 마신 어느 날, 가방을 잃어버리면서 그 안에 있던 일기장도 같이 잃어버렸습니다. 그간 쓴 일기가 날아간 게 속상하기도 하고 일기장을 누가 볼까 무섭기도 하니, 이런 결심을 하게 됩니다.

"에이! 일기 안 써!"

또 다른 경우는 여행을 갔는데 아뿔싸, 일기장을 놓고 온 겁니다. 새로 노트를 사도 되지만 그래도 쓰던 곳에 써야 하는데, 라는 생각에 속이 상합니다. 그래서 이런 결심을 하게 됩니다.

"에이, 일기 안 써!"

하지만 블로그야 어디 그렇습니까? 인터넷이 잘 안 터지는 나라로 가지 않는 한 언제 어디서나 접속이 가능합니다. 이건 노트가 따라올 수 없는 블로그의 장점입니다.

2) 댓글이 달린다

노트에 쓰는 일기의 피드백은 기껏해야 담임선생님이 찍어
준 '참 잘했어요.' 도장이 고작이지요. 하지만 블로그 일기는 댓
글이 달릴 수 있습니다. 시작한 지 얼마 안 되는 변방의 블로그
라 해도 누군가가 귀신같이 알고 찾아와 댓글을 답니다. 그렇
게 사람들이 모이고, 친해집니다. 누군가 내 일기를 봐준다는
것, 그리고 피드백을 해준다는 것, 이 사실은 더 열심히 일기를
쓰는 원동력이 됩니다. 원래 글쓰기는 지루한 작업입니다. 끝
없이 펼쳐진 사막을 혼자 걷는 것과 같습니다. 그런데 가끔씩
달리는 댓글은 오아시스와 같습니다. 오아시스가 떨어진 기
력을 보충해주는 것처럼 '글 참 잘 쓰시네요'라든지 '저도 님의
의견에 동의합니다'같은 댓글은 큰 힘이 됩니다.

블로그 일기의 장점을 말해놓고는 바로 반박하는 게 좀 이
상하지만 댓글이 달리는 게 꼭 좋은 것만은 아닙니다. 누군가
가 와서 본다는 사실은 소재의 제약을 가져옵니다. 지인이 들
어오는 걸 알면 그 사람에 대한 이야기는 더 이상 하면 안 될
것 같지 않나요? 안 그래도 없는 소재가 더 없어집니다.

모르는 사람들이 와서 보는 것도 어느 면에서는 부담이 됩
니다. 사람은요, 자신이 좀 더 좋은 사람으로 보이고 싶은 욕망
이 있답니다. 이미 자신의 정체를 아는 사람이라면 할 수 없지

만 남에게는 좋게 보이고 싶지 않나요? 노트에는 자신이 저지른 파렴치한 짓도 과감히 쓸 수 있지만 블로그에 그런 글을 쓰려면 망설여집니다.

자신의 블로그가 인기를 얻어 사람이 많이 들어온다면 이런 현상은 더 심해집니다. 자신을 포장하려는 욕구가 더 강해지기 때문입니다. 원래 좋은 글은 솔직한 글입니다. 하지만 잘 보이려는 욕망으로 인해 글에 '데코레이션'이 가미될 때 그 글은 더 이상 좋은 글이 될 수 없습니다. 이건 들은 얘기지만 블로그를 열심히 하는 언니가 어느 날 부츠를 짝짝이로 신고 갔답니다. 근데 나가자마자 다시 들어와 갈아 신고 갔는데요, 아니나 다를까, 그날 블로그에는 짝짝이인 부츠 사진과 더불어 이런 글이 올라왔답니다.

'어맛, 내 정신!'

동생분 말에 의하면 언니는 자신을 덤벙거리는 캐릭터로 설정했기에 주작도 서슴지 않는다는 겁니다.

이왕 반박한 것, 계속해 보겠습니다. 블로그의 특성상 댓글이 달리면 대댓글을 달아주는 게 예의죠. 댓글이 서너 개 정도면 별 부담이 안 되는데 열 개, 스무 개, 아니 서른 개가 달리면 어떻게 할까요? 다 대댓글을 달아줘야겠지요. 이러다 보면 시간이 얼마나 걸릴까요? 하나당 30초라 해도 서른 개를 달려면

15분이 됩니다. 더 무서운 건, 자신의 대댓글에 대해 그 당사자가 대대댓글을 달 수도 있다는 점입니다. 안 그래도 없는 시간을 쪼개서 일기를 쓰는데 댓글로 시간을 다 보내다니, 이게 뭡니까?

댓글을 쓰는 게 글쓰기에 도움이 되는 경우도 있지만 그렇지 않은 경우도 많습니다. 댓글은 진지하게 쓰기보단 호의가 우선일 때도 있고요. 이모티콘도 붙이고 뭐, 그러잖아요? 그래서 이렇게 말씀드립니다. 블로거가 댓글에 집착하기 시작하면, 그 블로거는 망했다고 봐도 된다고요.

다 그런 건 아닙니다만 파워 블로거들이 어떻게 사는지 아세요? 어떤 글로 사람들의 관심을 받을까 고민하고 글의 반응이 시원치 않으면 머리를 쥐어뜯습니다. 여건이 안 돼서 글을 하루라도 못 올리면 초조해합니다. 글 한 번 올리고 나면 종일 댓글에 대댓글 다느라 바쁩니다. 이건 사는 게 아니다, 라는 탄식이 나올 정도예요. 물론 그런 식으로 하면 광고 등으로 인해 수입이 발생하지만 그거 정말 얼마 안 됩니다. 최저임금도 안 되는 노동이라니까요.

마지막으로 댓글이 꼭 우호적인 것만은 아닙니다. 생각이 나와 다르다고 욕설이 섞인 댓글을 다는 네티즌들이 생각보다 많답니다. 그런 댓글을 읽으면 일기고 뭐고 다 집어치우고 싶어지지 않을까요?

장단점을 비교해보면 확실히 노트에 쓰는 게 낫습니다. 하지만 다음 조건이 갖춰진다면 블로그에 쓰는 것도 괜찮습니다.

1. 댓글에 집착하지 않겠다.
2. 아무리 바빠도 최소한의 분량은 지키겠다.
3. 사진은 올리지 않을 것이다.
4. 블로그 일기를 쓰는 시간은 딴짓하는 시간을 포함해서 1시간 이내로 한다.

이런 원칙만 지킬 수 있다면 저는 블로그를 추천하렵니다. 맞춤법 같은 것도 금방 확인이 가능하고 무엇보다 자신의 소재와 관련된 기사나 포스팅을 검색해 일기에 추가할 수 있는 등, 편리한 점이 많거든요. 그러니 블로그 일기를 쓰시려는 분들, 위에 말한 4가지, 부디 지켜주세요!

---

1 《마크 트웨인 여행기》 상·하, 마크 트웨인 지음. 박미선 옮김, 범우사, 2000

날씨도 개성있게 씁니다
: 없거나 혹은 소재이거나

날씨가 일기의 필수 아이템?

'5월 3일 일요일, 날씨 맑음.'

아주 오래 전부터 우리는 일기를 쓸 때마다 그 날 날씨가 어땠는지 기록했습니다. 그 전통은 지금도 이어져 일기 쓰기 전용으로 나온 노트를 보면 해, 비, 구름 등의 그림이 그려져 있습니다. 일기를 쓸 때 그 중 하나에 표시하라는 것이지요. 이렇듯 일기에서 날씨는 필수적인 것으로 알려져 있습니다. 그리고 날씨 기록은 며칠 치 일기를 하루에 몰아 쓸 때 아이들에게 부담이 돼 왔습니다. 네이버의 지식인 코너를 보면 이런 질문을 볼 수 있습니다.

이 질문이 올라온 건 2017년 8월 15일이니, 대략 20일 정도의 날씨를 가르쳐 달라는 것이지요. 하지만 이분이 알아야 할 것은 일기가 지역마다 다르다는 점입니다. 같은 도시 내에서도 날씨가 다를 수 있는 판에 어느 곳인지도 모르는데 날씨를 가르쳐 줄 수는 없지요. 질문은 다음과 같이 해야 합니다. 다음은 2005년에 올라온 질문입니다.

사는 지역과 기간을 특정한 것은 물론이고 가르쳐주면 어떤 혜택이 있는지도 적어줬네요. 질문은 이런 식으로 해야 합니다. 내공이 몇 점인지도 알려줬다면 더 좋았겠지요. 이 질문에는 다음과 같은 답변이 달렸습니다.

매우 훈훈한 광경이지요? 이걸 보며 세상의 따뜻함을 느끼는 분도 계실 테지요. 근데 이게 훈훈하게만 볼 일일까요? 여기에 대해선 나중에 얘기하고 날씨의 특징에 대해 잠시 생각해 보기로 합시다.

날씨는 너무해

하루의 날씨를 한마디로 특정하는 건 쉽지 않습니다. 지역마다 날씨가 다른 것처럼 하루에도 몇 번씩 날씨가 변할 수 있습니다. 낮 시간에 잠깐 비가 올 수도 있고 내내 맑다가 늦은 밤 갑자기 소나기가 올 수도 있겠지요. 영화를 한 편 보고 나왔더니 거리가 온통 젖어 있던 경험, 한 번쯤 있지 않습니까? 전날 무리한 탓에 이른 초저녁부터 잤는데 그 때부터 맹렬히 비가 왔다고 해 봅시다. 이 경우 자기 전에 기록한 '맑음'은 잘못된 것일까요?

다음과 같은 일도 가능합니다. 지방에 사는 A양이 부모를 따라 용인 에버랜드에 놀러 갔다 왔습니다. 날씨도 좋고 해서 마음껏 즐겼는데 귀가하고 보니까 기록적인 폭우가 내려 곳곳이 침수됐네요. 이럴 때 A양이 일기장에 기록해야 할 날씨는 '맑음'입니까 아니면 '비 겁나 많이 옴'입니까?

이런 결론을 낼 수 있겠네요. 날씨에 정답은 없다고요. 하루 종일 비가 왔다고 해도 단 한 순간이라도 해가 떴다면 그리고 그 순간 창밖을 내다봤다면 그날을 '맑음'이라고 기록한다고 틀리다고 할 수는 없습니다.

날씨를 쓰는 게 의미 없는 또 다른 이유는 요즘 날씨는 인터넷에서 얼마든지 검색이 가능하기 때문입니다. 포털에서 '지난 날씨보기'를 검색하면 '과거자료-기상청'이란 사이트가 가장 먼저 나오는데 여기 들어가면 원하는 기간의 날씨를 다 알 수 있지요. 위에서 인용한 훈훈한 문답에서 답을 주신 분도 기상청 사이트에서 그 정보를 얻었습니다. 아쉬운 점은 일기 쓰기

일기 쓰기,
당장 시작할까요?

103

에 필요한 정보는 '맑음·흐림·비·눈' 중 한 가지라는 것이지요.

'최고: 34.2 / 최저: 22.8 / 평균: 28.0 / 운량: 2.4 / 강수량: –'

여기서 다른 정보는 다 필요가 없고, '운량'과 '강수량'만 중요합니다. 강수량이 '–'이니 비는 안 왔습니다. 그렇다면 맑음이냐 흐림이냐인데 구름의 양을 뜻하는 운량은 기상청 홈페이지에 의하면 다음과 같습니다.

맑음(0~2), 구름 조금(3~5), 구름 많음(6~8), 흐림(9~10 이상)

그러니 답변을 하신 분이 조금 친절했다면 학생의 요구에 맞게 '맑음'이라고 써줬을 것입니다.

그런데 날씨가 정말 일기에 필요한 항목일까요? 날씨를 잘못 쓰면 큰일나기라도 할까요? 내용을 읽는 것만도 바쁜 선생님들이 일일이 날씨를 확인할까요? 그런 선생님이 없는 건 아니겠지만 인터넷으로 날씨가 다 검색이 되는 지금 시대에 날씨 확인은 별 의미가 없습니다. 날씨 확인을 엄격히 한다면 매일 일기를 쓰는 학생들 말고는 죄다 인터넷을 찾아보겠지요.

실제로 스마트폰이 도입된 2010년부터는 포털사이트에서 '날씨 좀 가르쳐 주세요'라는 질문이 현저히 줄어듭니다. 그런 중에 날씨를 일기의 필수 아이템으로 강제하는 게 학생들에게 무슨 도움이 될까요? 아마도 일기 쓰기에 대한 거부감만 더 심어주지 않을까 싶네요. 그래서 전 이렇게 주장하렵니다. 이젠 일기에서 날씨를 뺄 때라고요.

날씨의 진짜 의미

지금까지 일기의 상징이라 할 날씨를 빼야 하는 이유를 설명 드렸습니다. 그렇다고 해서 날씨를 쓰게 만든 의미까지 폄하해서는 안 됩니다. 이전 글에서 전 다음과 같은 주장을 했습니다. 글쓰기를 잘하기 위해서는 매일, 조금씩 글을 써야 하며 일기 쓰기는 글을 잘 쓸 수 있는 가장 대표적인 방법이라고 말입니다.

그런데 아이들한테 매일 일기를 쓰게 하려면 어떻게 해야 할까요? 매일 검사하는 게 가장 좋은 방법입니다만 선생님 혼자서 매일같이 수십 명의 일기를 읽어보는 게 그리 쉬운 일은 아니었습니다. 당시 선생님들이 할 수 있는 건 시간을 내서 한꺼번에 한 달 치 일기를 검사하는 것이었죠. 이 경우 평소 일기를 안 쓰다가 검사 전날 몰아서 쓰는 애들이 생깁니다. 오늘 일을 내일로 미루는 것만큼 짜릿한 게 없고, 보기에 따라서는 몰아 쓰는 게 가장 능률적인 일이라고 생각할 수도 있으니까요. 그래서 고안된 것이 바로 일기에 날씨를 쓰는 일이었을 겁니다. 날씨는 그 날에 따라 다르기에 일기를 매일 쓰게 될 거라고 말입니다. 하지만 그 결과는 우리가 익히 경험했듯이 아이들로 하여금 한 달 치 날씨를 찾느라 분주하게 만들었을 뿐입니다. 본말이 완전히 전도됐다는 표현이 어울리네요.

그래서 선생님들은 학생들에게 일기에 날씨를 쓰게 하는 대신 일기를 왜 매일 써야 하는지 그 의미를 깨닫게 해야 합니다. 그렇게 할 수만 있다면 일기를 쓰는 효과는 100% 달성할 수 있으니까요. 위에서 제가 날씨를 알려준 분의 답변을 훈훈하게만 볼 수 없다고 했지요? 질문자의 의도에 맞게 답변해준 점은 칭찬할 수 있겠지만 질문자에게 진짜로 했어야 하는 답변은 이런 것입니다.

"날씨는 기상청 사이트에 가서 찾으시면 됩니다. 하지만 질문자님이 일기의 의미를 제대로 모르시는 것 같아 안타깝습니다. 일기는 매일 쓰라고 있는 것이며 날씨는 그 일환입니다. 지금까지는 그렇게 못 하셨다 해도 앞으로는 일기를 매일 쓰시기 바랍니다."

이러면 질문자가 어떻게 반응할까요? 십중팔구 '야 이 xxx

야! 너 잘났다'라고 하겠지요? 그래도 슬퍼하지 마세요. 그 답변을 질문자만 보는 것은 아니며 그 중 한 명은 답변하신 분한테 '와, 참 스승이시네요!'라며 고마워할 수도 있으니까요.

날씨, 이보다 더 좋을 수가

맑음과 흐림, 비와 눈 등으로 표시되는 날씨가 더 이상 의미가 없다고 했지만 다른 의미로 날씨는 중요해졌습니다. 기상이변도 많아졌지만 우리가 이전보다 환경에 관심을 많이 갖게 된 탓입니다. 황사, 태풍, 가뭄, 미세먼지 같은 게 주요 뉴스가 됐지요. 예전과 달리 날씨 얘기를 하는 사람들도 부쩍 많아졌고요. 그러다 보니 날씨 이야기가 이제는 일기의 좋은 소재가 됩니다. 모든 이가 다들 '황사! 황사!' 하는 날이라면 그보다 더 좋은 소재가 또 어디 있겠어요. 다음을 보시죠.

> **Q** 저희 선생님이 오늘 일기는 황사에 대해 쓰래요. 제가 황사에 대해 아는 게 없어서 그러는데 대신 써주시면 합니다. 내공 50 걸게요.

3월 11일 날씨: 황사 심함
오늘은 황사가 심하다고 해서 마음의 준비를 단단히 하고 집을 나섰
다. 그랬는데 아침부터 황사 바람이 장난이 아니었다. 눈이 빨갛게 되
고 숨 쉴 때마다 모래가 한주먹씩 코로 들어오는 느낌이었다. 안 되겠
다 싶어서 뛰어갔더니 증상이 더 악화됐다. 차라리 학교 가지 말아버
릴까 하다가 꾹 참고 갔다. 학교에 가서 거울을 보니 눈은 완전히 토끼
눈이고, 옷은 흙더미에 뒹군 사람 같다. 역시 황사는 무섭다. 오늘 저녁
에는 삼겹살이나 사달라고 해야겠다.

매우 귀여운 일기입니다만 별로 재미가 없습니다. 내용이
너무 평범하지요. 황사 때문에 고생했다, 이게 다네요. 자신의
경험을 쓰는 대신 상상해서 쓴 탓입니다. 다음은 어떨까요?

"황사가 심하다니 오늘은 밖에 있지 말고 집에 일찍 들어와라."
어머니의 말씀과는 달리 아침부터 조회가 있었다. 교장선생님이 길고
긴 훈화말씀을 하시는 동안 황사는 줄기차게 학생들을 강타했다. 교
장선생님 말씀이 끝나자 우리는 모두 우레와 같은 박수를 쳤는데, 하
필이면 새로 오신 선생님 소개가 그날이었다. 선생님들이 한 분씩 자
기소개를 하는데, 교장선생님 때도 느꼈지만 선생님들은 원래 타고난
호흡기를 가진 게 틀림없다. 그게 아니라면 이 황사 속에서 저리도 길

게 인사말을 할 수는 없을 것이다. 죽어나는 것은 평범한 호흡기를 가진 학생들이었다. 나만 해도 눈이 너무 아파 뜨는 게 어려웠고, 숨도 잘 못 쉴 정도였다. 하도 짜증이 나서 옆에 서 있는 친구에게 말을 걸었다.

"야, 이거 너무한 거 아니야?"

그랬더니 그 친구가 날 한 번 슬쩍 보더니 이렇게 말했다.

"조용히 해. 선생님 말씀 안 들리잖아."

이것도 지어낸 티가 딱 나지요? 요즘 세상에 황사인데 조회를 하는 학교가 얼마나 되겠습니까? 맨 마지막에 나오는 친구도 현실에는 존재하지 않는 인물 같아요. 그럼에도 이 일기는 처음 것과 달리 재미는 있습니다. 그 재미는 조회 시간에 고생했던 경험이 다들 있기 때문입니다. 그러니까 글쓴이는 황사를 조회와 연결시킴으로써 사람들의 공감을 유발하고 있지요. 공감할 수 있는 글이 좋은 글이라면 꾸며낸 것일지라도 이 글은 괜찮은 글입니다. 다만 '일기'에 거짓을 써도 되는가가 마음에 걸리지요. 좋은 일기는 자신이 직접 겪은 일을 진솔하게 쓰는 것이에요. 물론 경험했다고 해서 다 좋은 일기가 되는 건 아닙니다. 그 중 가장 결정적인 에피소드를 콕 집어내서 쓰는 것이 좋습니다. 다음을 보죠.

◆ 일기 예 4) 미세먼지를 이긴 입 냄새

미세먼지가 심하니 쓰고 다니라며 아내가 마스크를 줬다. 바깥에 있을 때는 꼭 그 마스크를 썼다. 그러다 보니 내가 내뱉는 숨이 다 나한테로 돌아왔다. 죽을 뻔했다. 미세먼지보다 입냄새가 더 무섭다는 걸 새삼 깨달았다.

재미있지 않습니까? 제 경험을 써서 더 그렇기도 한데요, 이런 글을 쓰고 나면 입냄새에 더 신경을 쓰는 긍정적인 효과도 있답니다. 이번엔 황사에 대해 제가 몇 년 전에 썼던 글을 옮겨봅니다.

201X년 4월 어느 날, 황사의 추억

영화 <인터스텔라>의 배경은 황사가 거의 일상이 된 먼 미래다. 시종 날아오는 흙먼지 때문에 사람들은 길거리를 다니지 못할 지경이다. 그 광경을 보니 10여 년 전 일이 떠오른다. 2006년 4월 8일, 난 두산과 LG의 경기를 보러 잠실야구장에 갔었다. 이상하게 야구장이 뿌옇다는 생각이 들었다. 더 이상한 점은, 경기는 재미있는데 관중들이 하나둘씩 나가는 것이었다. 나갈 때 다들 얼굴을 찡그리기에 뭔 안 좋은 일이 있나 했다. 5회쯤 되니까 내 주변에 나밖에 없었다. 잘됐다 싶어 앞

좌석에 다리도 올리고 편하게 보려는데 눈이 좀 따끔하단 생각이 들었다. "왜 이러지?" 싶었지만 꾹 참고 끝까지 경기를 봤다. 집에 가서 뉴스를 보면서 난 깜짝 놀랐다. 그날, 서울에는 역대 최악의 황사가 닥쳤단다. 그러면서 화면에 황사가 심했던 풍경들을 보여주는데 사방이 흙먼지로 뒤덮인 게 영화 <인터스텔라>가 우습게 보일 지경이었다. 신기했다. 저렇게 황사가 심했는데 난 왜 황사를 느끼지 못했을까? 아마도 내 작은 눈이 흙먼지를 용납하지 않았나 보다. 그렇게 본다면 눈이 작은 것도 꼭 나쁜 것만은 아니다. 미적인 기능을 못 해서 보는 기능에만 충실한 줄 알았는데 황사를 막는 기능까지 있다니, 내 눈을 이젠 용서해야겠다.

이 일기가 색다른 이유는 제가 야구장에서 직접 보고 겪은 내용이기 때문이지요. 또한 황사를 주제로 한 글이 외모를 용인하는 데까지 나아간 것도 감동을 배가시키지요.

장마, 가뭄, 태풍, 미세먼지, 그리고 지진 등등, 요즘엔 황사 말고도 날씨가 화제가 되는 일이 잦습니다. 과거, 숙제 검사용 날씨가 아니라 생각 너머의 이야기를 줄 수 있는 날씨를 소재로 일기를 써봅시다. 자신의 경험이 바탕이 된다면 날씨로도 얼마든지 재미있는 일기를 쓸 수 있답니다.

로봇 태권 브이
: 일기에는 뭘 써야 할까요?

어린 시절, 내 일기

일기는 그 날 있었던 사건들 중 한 가지를 소재로 삼아 쓰는 게 일반적이지요. 일기를 써본 경험이 있기에 잘 아시리라 생각하지만 추억을 불러올 겸 과거에 제가 썼던 일기를 하나 공개하겠습니다. 우리나라에서 거의 최초라 할 애니메이션 영화인 '로보트 태권 V'를 본 뒤의 일기입니다.

19XX년 X월 X일
어머니와 로보트 태권 V를 봤다. 태권 V는 훈이의 아버지가 만든 비밀병기인데, 붉은별군단이 태권 V를 빼앗으려고 한다. 그 과정에서 훈이 아버지가 죽지만, 훈이는 태권 V를 타고 붉은별군단과 싸움을 벌인다. 결국 훈이는 적을 물리치고 정의를 지킨다. 참 재미있었다.

위 일기는 성의 없는 일기가 어떤 것인지 아주 잘 보여줍니다. 아쉽게도 더 괜찮은 일기를 보여드리고 싶지만 저는 일기가 더 이상 의무가 아니었던 중학교 때부터 일기를 쓰지 않았기에 남아 있는 거라곤 초등학교 일기장 한 권밖에 없답니다. 하지만 일기가 '후질'수록 분석이 재미있어지는지라 이걸로 밀고 나가 보겠습니다.

초등학생에게 영화 관람은 큰 사건이기에 그 날 본 영화를 일기의 소재로 삼는 것은 당연한 일입니다. 이 일기는 영화의 줄거리를 대충 나열한 뒤 간단한 느낌을 적는 방식으로 구성됐지요. 줄거리야 어차피 다 비슷할 테고 다른 거라곤 개인의 느낌뿐인데 그걸 '재미있었다'라고 끝내 버리다니, 아무리 잘 줘도 100점 만점에 20점이 고작일 것 같네요. 그렇다고 이 일기가 아무 의미가 없는 것은 아닙니다. 줄거리를 요약하는 것은 글쓰기 실력을 키우는 좋은 방법이니까요.

어차피 글이란 자기가 아는 것을 남에게 설명하기 위한 수단입니다. 그래서 줄거리는 보다 간결하게, 보다 재미있게, 그리고 보다 이해하기 쉽게 써야 합니다. 이런 점을 생각하며 줄거리를 쓰려면 그게 또 그리 만만한 일이 아니라는 것을 알게됩니다. 또한 같은 영화라 해도 사람에 따라 관점이 달라지므로 줄거리도 달라지게 마련입니다. 태권 V의 활약에 초점을 맞출 수도 있지만, '썸'을 타는 관계인 훈이와 영희, 그리고 훈이를 사랑하는 인조인간 메리의 삼각관계에 대해 쓸 수도 있고, 훈이 아버지 김 박사와 같이 태권 V를 만들다 배신해버린 카프 박사에 대해 쓰는 것도 가능하겠지요. 이렇게 관점을 달리해서 줄거리를 써보면 글이 훨씬 더 재미있어지지요.

안타까운 일은 네이버 등 포털을 검색해보면 영화 줄거리가 아주 친절하게 잘 요약돼 있다는 점입니다. 그래서 학생들은 거기 나온 줄거리를 베낀 뒤 '참 재미있었다'는 상투적인 느낌을 갖다 붙임으로써 영화 감상문을 완성하기도 합니다. 줄거리 요약마저 귀찮아진 것인데요, 이런 마음으로 글을 쓰면 자신에게 어떤 도움도 안 된다는 것을 이제는 잘 아실 것입니다.

태권 V와 어머니

태권 V를 봤던 그날, 제가 지금도 기억하는 장면이 있습니다. 당시 어머니는 저와 누나, 그리고 남동생 이렇게 셋을 데리고 대한극장으로 향했습니다. 인터넷 예매가 안 됐고, 한 영화는 대개 극장 한 곳에서만 상영이 됐기에 저희는 표를 사기 위해 끝이 안 보이는 긴 줄에서 차례를 기다려야 했습니다. 하지만 이보다 더 가슴에 남은 것은 영화가 끝날 무렵의 일입니다. 태권 V가 악당을 물리치는 장면에서 *"달려라 달려 로보트야/ 날아라 날아 태권 V"*로 시작되는 태권 V의 주제가가 흘러나왔습니다. 영화를 보던 아이들은 노래의 경쾌한 리듬에 맞춰 박수를 쳤습니다. 그런데 우리 형제들은 아무도 박수를 치지 않았습니다. 박수를 치는 게 유치하게 생각돼서가 아니라 우리들에게 숫기가 없었던 탓이었습니다. 박수를 친다는 게 이상하게 쑥스럽더라고요. 어머니는 "왜 박수를 안 치냐?"고 다그치셨고 우리가 마지못해 치는 시늉만 내자 화를 내기까지 했어요.

이 장면이 기억에 남은 것은 당시의 제겐 박수를 치라는 어머니의 명령이 부당하게 느껴졌기 때문이겠지요. 가장 인상 깊고 또 생각할 여지가 있는 주제를 가지고 쓰는 게 좋은 일기라면 그날 일기는 박수에 대해 썼어야 합니다. 그때 제가 쓰지 못한 일기를 지금 써봅니다.

◆ 일기 예 5) 태권 V와 박수

어머니, 누나, 남동생과 로봇 태권 V를 보러 갔다. 영화는 재미있었으니 오랜 시간을 기다려 표를 산 보람은 충분했다. 하지만 마지막이 문제였다. 태권 V가 악당을 물리치는 순간 태권 V의 신나는 주제가가 흘러나왔고, 영화를 보던 다른 아이들은 신이 나서 박수를 치기 시작했다. 하지만 우리 형제들은 누구도 박수를 치지 않았다. 어머니는, 왜 너희는 박수를 안 치느냐며 야단을 치셨다. 우리는 마지못해 박수를 쳤지만 다른 아이들처럼 신이 난 모습은 분명 아니었다. 결국 어머니는 "이럴 거면 앞으로 극장에 안 데려온다."고 말씀하셨다.

그런데 우리가 그때 꼭 박수를 쳐야 했을까? 다른 아이들이 박수를 친다고 따라서 치는 게 맞는지 난 모르겠다. 우리들은 어려서부터 숫기가 없었다. 이건 강압적인 아버지 탓이 큰데, 별일이 아닌데도 걸핏하면 야단을 치시는 통에 우리가 주눅이 들어버린 때문이었다. 그래서 우리 형제들은 자신을 드러내는 일을 극도로 꺼리게 됐다. 왜 애꿎은 아버지 탓을 하느냐고 하겠지만 우리가 단체로 수줍은 유전자를 타고난 게 아니라면 우리의 수줍음은 자라면서 생긴 것이고, 그 책임은 아버지에게 있다고 해야 되지 않을까? 그러니 어머니가 우리더러 박수를 치라고 윽박지르시기보단 어떻게 하면 우리에게 자신감을 불어넣어줄 수 있을지를 더 궁리하셨다면 좋을 뻔했다. 게다가 우리가 박수를 안 친다고 해서 영화를 즐기지 않은 것도 아니었다. 그 영화는 내 상상 이상으로 재미있었고 보는 내내 얼마나 흥분했는지 모른다.

물론 우리의 행동이 꼭 옳았던 것은 아니다. 우리를 극장에 데려가느라 애쓰신 어머니로서는 우리가 신나게 영화를 즐기는 장면을 보고 싶었을 것이다. 그렇다면 그 자리에서 박수 몇 번 치는 게 그리도 어려운 일이었을까? 아무리 아버지에게 근본적인 책임이 있다고 해도 당시 극장에 아버지가 계셨던 것도 아닌데 말이다. 혼자 앞에 나와서 박수를 치라는 것도 아니고, 그냥 좌석에 앉아 박수를 치는 것도 마다한 것은 변명의 여지가 없다.

이 일기를 쓰고 나서 어머니에게 달려가자. 그리고 그 앞에서 우리 모두 태권 V의 주제가를 부르며 박수를 치자. 우리를 당신보다 사랑하시는 어머니가 활짝 웃으실 수 있도록.

일기, 뭐든지 좋으니 쓰자

위 일기를 쓰다가 몇 번이나 가슴이 뭉클했는지 모릅니다. 이 글이 흥미롭다면 영화에 관한 뻔한 이야기가 아니라 영화를 보는 과정에서 일어난 제 경험을 주제로 삼았기 때문입니다.

흥미로운 글에는 두 가지가 있습니다. 자신이 아는 것을 새로운 방향으로 해석한 글과, 자기가 전혀 모르는 이야기를 쓴 글입니다. 위 일기처럼 자신의 독특한 경험을 글로 쓰면 그 자

117

일기 쓰기,
당장 시작할까요?

체로 흥미로운 글이 됩니다. 어린 시절 누구나 다 아는 태권 V 를 보면서 박수 치는 것에 스트레스를 받은 경험이 저 말고 또 누가 있겠습니까?

게다가 이런 내용의 글은 여러 가지 생각을 할 여지를 남깁 니다. 아이를 너무 무섭게 기르지 말아야겠다든지, 숫기 없는 아이를 다그친다고 해서 갑자기 없던 숫기가 생기지 않는다는 것, 재미있는 영화를 보게 해줬다면 즐거운 척이라도 하는 것 이 극장에 데려가 준 사람에 대한 예의라는 것 등등을요.

영화 이야기라고 해서 꼭 영화 줄거리와 그에 대한 느낌을 쓸 필요는 없습니다. 자신이 인상 깊게 느낀 얘기는 뭐든지 좋 습니다. 저는 박수 이야기를 썼지만 태권 V에는 이것 말고도 쓸 얘기들이 많이 있습니다. 영화에 나오는 메리라는 여성은 알고 보니 인조인간이었고 붉은별군단이 설계도를 훔치라고 보낸 악당이었습니다. 그런 메리가 훈이를 사랑하게 되면서 붉은별군단을 배신합니다. 여기서 '인조인간도 사랑을 느낄 수 있는가?'에 대해 쓰는 것도 괜찮겠지요. 사랑이라는 게 조직을 배신할 만큼 중요한 것인지에 대해 쓰는 것도 좋습니다.

이건 어떨까요? 카프 박사는 훈이의 아버지와 함께 태권 V 를 만들었는데 이분에 대해 한 포털사이트에선 이렇게 말하고 있습니다.

김 박사와 함께 거대로봇을 개발하던 카프 박사는 뛰어난 두뇌에도 불구하고 작고 못생긴 외모 때문에 성격이 비뚤어진다. 그러다 세계 물리학자 모임에서 자신의 외모 때문에 비웃음을 받자 언젠가 복수하겠다는 말을 남기고 자취를 감춰 버린다.

저도 못생겨 봐서 아는데 이건 절대 사실이 아닙니다. 저처럼 '난 못생겼으니 착하기라도 해야 주위에서 같이 놀아주겠구나'라고 생각하는 사람도 있거든요. 그런데 못생겼다고 무조건 비뚤어지다니, 사람들로 하여금 외모에 대한 편견을 조장하는 영화라고 일갈할 수도 있습니다.

이밖에 영화가 끝나고 외식을 했던 경험도 좋겠지요. 그날 어머니는 저희를 분식집에 데리고 가서 밥을 사주셨는데 제가 비빔국수를 시키니까 매울 것이라며 말렸습니다만, 제가 끝끝내 우겨서 결국 시켰지요. 겁나게 매워서 결국 못 먹었습니다. 이런 얘기도 재미있지 않습니까? 그러니 뭐든지 쓰세요. 영화와 관련이 없으면 또 어떻습니까? 뭐든지 쓰면 됩니다. 그게 바로, 일기입니다.

내 맘대로 써 봅니다
: 일기에 대한 편견 날리기

일기는 꼭 밤에 써야 하나

일기는 밤에 써야 한다고 생각하는 분들이 많습니다. 그럴 수밖에 없는 것이 일기는 그 날 하루의 기록인 만큼 일과가 다 끝난 후에 쓰는 게 자연스럽겠지요. 예를 들어볼까요. 민이라는 학생이 오후 2시에 다음과 같은 일기를 씁니다.

◆ **일기 예 6) 운수 좋은 날**

오늘은 운이 아주 좋은 날이었다. 아버지가 어제 예상치 않은 보너스를 탔다면서 아침에 2만 원을 주셨다. 학교에 온 뒤에도 그 돈을 어떻게 쓸까 생각하며 싱글벙글하는데, 전에 내가 고백했을 때 나를 찼던 미자가 내게 오더니 "사실 나 그때 거절할 생각이 없었는데 너무 당황해서 그랬다."며 "오늘부터 1일이야."라고 하는 게 아닌가. 내친김에 아침에 받은 2만 원으로 빵집에 가서 우리의 1일을 자축했다. 인생 최고의 날이다.

이렇게 일기를 썼는데 밤 9시쯤 집에 갔더니 아버지와 어머니가 심각한 표정으로 마루에 앉아 있는 겁니다. 괜히 휘말리지 말아야겠다면서 방으로 들어가려는데 어머니가 부르십니다.

"너 지난번 성적표 위조했더라? 오늘 담임 만나고 왔거든."

그러면서 아침에 준 2만 원도 다시 내놓으라고 합니다. 자, 이 학생은 여전히 오늘을 인생 최고의 날로 여길 수 있을까요? 1층에서 떨어지는 것보다 5층까지 올라갔다 추락하는 게 훨씬 더 아프다는 점에서 이날은 아마 민이에게 커다란 악몽으로 남을 겁니다. 아마도 민이는 일기를 이렇게 고치지 않을까요?

◆ 일기 예 7) 고난의 시작

아침에 아버지가 2만 원을 주실 때부터 뭔가 좀 이상했다. 이런 분이 아닌데 왜 갑자기? 게다가 미자가 돈 냄새를 맡았는지 내게 접근해서 잘 해 보자고 한다. 미심쩍었음에도 빵을 사줬더니 세상에나, 3개나 먹는다! 집에 가니까 아버지, 어머니가 같이 앉아서 날 기다리고 계셨다. 직감적으로 느꼈다. 뭔가 큰일이 터졌다는 것을. 아뿔싸, 성적표 위조한 걸 걸렸다. 민아, 이제 어쩌면 좋으냐?

꼭 이런 일이 아니라도 일기는 밤에 쓰는 게 더 편합니다. 그래도 하루 중 가장 여유 있는 때가 밤이니까요. 그리고 일기의 주된 기능인 자기 객관화와 반성은 밤에 하는 게 더 쉽습니다. 잠자리에 들기 전에 반성을 하지, 아침에 일어나서 반성하는 건 좀 이상하잖아요? 한 거라곤 잠잔 것밖에 없는데 말입니다.

하지만 말입니다, 일기를 꼭 밤에만 써야 하는 것은 아닙니다. 경우에 따라서는 아침 일기가 필요할 때도 있습니다.

첫째, 전날 일기를 못 쓰고 잤을 때입니다. 일기라는 게 한 번 빼먹으면 또 빼먹기 십상인데 다음 날 아침 일찍 일어나 전날 일기를 쓰는 건 훌륭한 일입니다. 이런 정신이라면 앞으로도 오랫동안 일기를 쓸 수 있지 않을까요?

둘째, 아침형 인간인 경우입니다. 제가 위에서 '밤에 시간 여유가 더 있다'라고 했는데, 이건 어디까지나 아침에 일어나기 힘든 분의 얘기일 뿐 새벽 5시쯤 일어나는 아침형 인간이라면 얘기가 다릅니다. 오히려 아침에 맑은 정신으로 책상 앞에 앉아 전날 일을 돌아보고 오늘 할 일을 계획한다면 글이 더 잘 써질 수도 있습니다.

아침형 인간이 많아져서 그런지, 《하루 5분 아침 일기》라는 책도 시중에 나와 있습니다. 이 책에서 꼽는 아침 일기의 장점은 성취감으로 하루를 시작하는 것이랍니다. 아침 시간엔 마음이 바빠서 다들 황급히 서두르기 마련인데 "나는 벌써 일기를 썼지롱."이라는 마음이 성취감을 준답니다. 아침 일찍 학교에 온 학생이 지각할까 봐 허둥지둥 교문을 향해 달려오는 다른 학생들을 보는 기분이랄까요.

일기에는 반성만 써야 하나

사실 민이가 썼어야 하는 일기는 다음입니다.

◆ 일기 예 8) 다행이다

성적표 위조에 얽힌 밤이 지났다. 왜 걸렸을까를 원망해서는 안 된다. 어차피 시간의 문제였을 뿐, 걸리는 건 기정사실이었으니까. 수민이도, 지수도 다 걸렸지 않은가. 그보다는 내가 그 정도밖에 안 되는 인간이었다는 게 슬프다. 열심히 해서 좋은 성적을 올린 뒤 부모님을 기쁘게 해드릴 생각을 하기는 커녕, 당장의 위기를 모면하기 위해 결과를 조작했다. 이런 식이면 나중에는 어머니 생일선물을 살 돈이 없다고 다이아 반지를 훔치는 놈이 되지 않을까? 어쩌면 지금 걸린 것이 내겐 다행일지도 모르겠다. 민아, 이제부터 공부 열심히 하자.

이 반성에서 진심이 느껴지는 건 글을 솔직하게 썼기 때문입니다. 이 일기로 보아 민이는 다시 이런 일을 저지르진 않을 겁니다. 하지만 사람이 반성만 하고 살 수는 없습니다. 가끔은 거울을 보면서 '나도 괜찮은 사람이야'라고 말하는 순간도 필요합니다. 일기도 그렇습니다. 늘 '나는 쓸모없는 인간이다', '지구에서 사라져야 한다' 같은 말만 쓰다 보면 진짜로 우울증에 빠질 수 있습니다. 그래서 아무리 최악의 순간이라 해도 다음과 같은 글도 필요합니다.

◆ 일기 예 9) 진심은…

성적표를 조작했다가 어머니한테 걸렸다. 어머니는 내게 실망했다고 말씀하신다. 근데 그걸 꼭 그렇게만 볼 일인가? 성적표를 위조한 것은 잘못이지만, 내 의도는 어머니를 실망시켜드리지 않기 위함이었다. 나중에 좋은 성적을 올린 뒤 어머니한테 그때의 잘못을 고백하고 앞으로는 더 잘하겠다는 다짐을 하려고 했었다. 나를 사랑해 주시는 어머니한테 이왕이면 좋은 모습을 보여드리는 게 꼭 나쁜 것일까? 성적을 안 고치고 칭찬을 받으면 최상이겠지만, 시험을 못본 걸 어쩌겠는가? 내가 못보고 싶어서 못본 것도 아닌데 말이다. 어머니께 좋게 보이려는 이 마음만 잘 간직한다면 나도 커서 훌륭한 사람이 될 수 있을 것이다.

이 글을 읽으면 민이가 정말 훌륭한 사람이 될 것 같지 않습니까? 지나친 합리화는 곤란합니다만 아무리 일기라 해도 무조건 반성만이 능사는 아니라는 것입니다. 남들이 다 나를 욕해도 나 자신만은 스스로를 사랑해 줘야지 않겠습니까? 그러니 자신이 너무 어렵고 힘들 때 일기에서 자기 자신을 변명해 보세요. 세상이 조금은 더 따뜻하게 보일 것입니다. 혹시 다음과 같은 일기는 어떨까요?

◆ **일기 예 10) 어제의 민이는 죽었다**

성적표 위조에 얽힌 밤이 지났다. 수치스러운 기억은 다 잊자. 어제까지의 민이는 죽었다. 이제 난 새로운 민이다. 더 이상 성적표를 고칠 필요가 없도록 공부를 잘하는 그런 민이. 그렇게 되려면 어떻게 해야 할까?

우선 내 수면 시간을 짧게 만들었던 게임을 끊자. 게임을 한다고 공부를 못하는 건 아니지만, 공부 잘하는 애들 중엔 나처럼 게임에 빠져 사는 애가 없다. 게임을 하는 대신 일찍 잠자리에 들자. 그리고 기초부터 다시 공부하자. 솔직히 내가 수업에 흥미를 잃는 건 내용을 알아듣지 못하는 탓이고, 이건 내게 기초가 없기 때문이다. 내가 공부를 놓아버린 중학교 2학년 참고서부터 공부하자. 조금 뒤로 돌아가는 건 후퇴가 아니며 부끄러운 일도 아니다. 마지막으로 사귄 지 이제 하루가 지난 미자에게 대학 가서 만나자고 얘기하자. 어쩌면 이 일로 인해 미자를 놓칠 수도 있겠지만 더 중요한 건 나 자신을 잡는 일이다.

앞에 쓴 두 일기보다 이 일기가 더 마음에 와닿지 않습니까? 지나친 자기 비하는 다른 이는 물론 자기 자신마저 지치게 합니다. 만날 "나는 쓰레기야!"라고 절규해 보세요. 고개를 들어 보면 주위에 아무도 없습니다.

지금은 내 처지가 별로지만 나중엔 저 높은 곳에 있을 거야, 라고 해 보십시오. 일이 훨씬 더 잘될 것입니다. 긍정의 에너지는 다른 이들도 기분 좋게 하니 주위에 사람들도 많이 모여들지 않을까요? 일기라고 해서 늘 반성만 해야 한다는 생각을 버리세요. 희망의 메시지를 담은 것도 훌륭한 일기가 될 수 있습니다.

일기에는 사실만 써야 하나

일기는 사실을 쓰는 게 좋습니다만 꼭 그런 것만은 아닙니다. 앞에서 일기가 희망을 주는 역할도 할 수 있다고 했지요? 거기서 좀 더 나아가면 다음과 같은 일기도 가능합니다.

◆ 일기 예 11) 미래의 민이로부터

"완전 엉망이군."

성적표를 봤을 때 한숨이 절로 나왔다. xx명 중 xx등, 지난번보다 오르기는커녕 10등이나 더 떨어졌다. 이대로라면 부모님께 야단을 맞을 게 뻔하다. 용돈도 깎일 것이고, 내 유일한 낙인 게임도 못 하게 될지 모른다. 이 상황을 타개하기 위해 어떻게 해야 할까? 난 성적표를 고치자는 계획을 세웠다. 물론 이번뿐이다. 다음번엔 시험을 잘 봐서 떳떳하게 성적표를 보여드릴 것이다. 학교 홈페이지에 가서 성적표를 출력한 뒤 교묘하게 위조하자. 다행히 인터넷에는 성적표 위조 사이트가 있으니 얼마든지 가능하다.

막상 위조하려는 순간, 이게 지금 뭐 하는 짓인가 하는 생각이 들었다. 내 양심의 소리가 들려왔다. 민아, 너 정말 갈 데까지 간 거야? 이건 아니잖아? 처음이 어렵지 두 번째는 쉽다. 이대로 간다면 내가 밑바닥까지 추락할지도 모른다. 난 컴퓨터를 껐다. 그리고 출력한 성적표를 가지고 부모님께 보여드렸다. 48분간 계속된 어머니의 한탄을 듣는 일은 분명 힘들었지만 마음만은 편안했다. 적어도 나는 스스로를 속이는 사람은 아니었으니까.

이게 벌써 40일 전의 일이라니, 세월이 참 빠르다. 지금 난 지난번보다 23등이 오른 성적표를 쥐고 집에 돌아왔다. 위조의 갈림길에서 정직함을 택한 뒤 불철주야 공부한 덕분이다. 이 성적표를 부모님께 보여드릴 생각을 하니 가슴이 벅차다. 물론 이걸로 충분하지 않다. 다음번에는 더 높은 곳에 올라 있는 민이를 생각하자.

물론 이건 사실이 아닙니다. 민이는 그 유혹을 견디지 못한 채 위조를 했고 부모님께 혼남으로써 대가를 치렀습니다. 그러니까 이 일기는 위조를 하던 시점으로 돌아가 다른 선택을 하는 자신을 상상한 픽션입니다. 사실이 아닌 상황을 가정했지만, 이런 글은 민이에게 커다란 후회를 하게 만듦으로써 더 큰 반성을 이끌어 냅니다. 덕분에 민이는 또 다시 이런 상황에 직면했을 때 정직을 선택할 수 있겠지요. 또한 맨 뒷부분은 아직 일어난 게 아니지만 민이에게 큰 동기부여가 될 수 있습니다.

반성도 사람을 변화시키지만 희망적인 메시지, 또는 소설적 이야기도 그런 기능을 수행할 수 있습니다. 일기에 대한 편견을 버립시다.

'소확행'을 찾아
: 특별한 사건이 아니더라도

일기 소재를 찾기 어려운 이유

일기를 쓰고 싶은데 마땅히 쓸 소재가 없다고 하는 사람이 많지요. 글쓰기 노트가 있다면 상당 부분 해결될 수 있겠지만 그게 만능은 아닙니다.

자, 생각해 보세요. 아침에 일어나 밥 먹고 학교에 가서 하루 종일 수업을 듣지요. 그 뒤 집에 와서 저녁을 먹고 학원에 갑니다. 밤 10시쯤 집에 오고요. 수업 내용은 조금씩 달라질지언정 여기서 무슨 특별한 일이 일어날까요? 대학생, 회사원도 매일의 삶은 그다지 다르지 않을 겁니다.

제목: 오랜만에 일기를 쓰다

6개 월만에 블로그에 들어왔다. 너무 긴 시간을 방치한 탓에 블로그에 일기를 쓰는 게 어색하게 느껴질 정도다. 그 사이에 해가 바뀌었으니, 정도가 심했다. 그동안 난 왜 일기를 쓰지 않았을까? 원래 난 뭔가 큰일이 있으면 글로 풀어내는 성격인데 말이다. 그런 걸 보면 그동안 별로 특별한 사건이 없었던 게 아닐까?

아마 이 글에 공감하실 분들이 많으실 겁니다. 하지만 이 글은 전제 자체가 틀렸습니다. 일기에 꼭 특별한 일을 써야 한다는 것 말입니다. 우리 모두 다 평범한 개인에 불과할진대 특별한 일이 얼마나 자주 일어날까요? 1년에 몇 번 있지도 않은 특별한 일만 일기 소재로 삼아야 한다면 일기라는 것은 탄생할 수 없었겠지요.

이건 평범하지 않은 분들도 다를 게 없습니다. 이순신 장군을 봅시다. 전쟁 중이라고 해서 늘 싸움이 있는 것은 아닙니다. 그렇지 않은 날들이 훨씬 더 많습니다. 싸움이 없을 때는 쓸 말이 없어서 못 쓰고, 싸울 때는 바빠서 못 쓰고, 이순신 장군이 이런 생각을 했다면 《난중일기》는 탄생하지 않았겠지요.

《난중일기》가 재미없는 이유

《난중일기》 하면 다음 말을 떠올릴 것입니다.

"살기를 도모하는 사람은 죽을 것이요, 죽기를 각오하고 싸우면 살 것이다."

이순신 장군이 부하들을 독려하기 위해 한 말인데요, 《난중일기》에는 이런 식으로 비장한 말들이 잔뜩 있을 것만 같습니다. 그래서 《난중일기》를 삽니다. 그 안에 있는 경구들 중 현대에도 적용할 만한 말들이 있을까 봐서요. 하지만 실제의 《난중일기》는 우리 생각과 딴판입니다. 인터넷으로 찾아서 볼 수 있는데요, 몇 개만 보시죠.[1]

임진년 1월 초2일 (계해) 맑다. [양력 2월 14일]
나라의 제삿날임에도 공무를 보았다. 김인보(金仁甫)와 함께 이야기했다.

1월 초3일 (갑자) 맑다. [양력 2월 15일]
동헌(여수시 군자동 진남관 뒷쪽)에 나가 별방군을 점검하고 각 고을과 포구에 공문을 써 보냈다.

1월 초4일 (을축) 맑다. [양력 2월 16일]
동헌에 나가 공무를 봤다.

1월 초5일 (병인) 맑다. [양력 2월 17일]
동헌에 나가 공무를 봤다.

1월 초6일 (정묘) 맑다. [양력 2월 18일]
동헌에 나가 공무를 봤다.

"아니, 이게 뭐야?"라는 말이 저절로 나오지요? 전쟁이 시작되기 전까지 《난중일기》는 지루하기 짝이 없습니다. 독자들이 100쪽을 넘기기 어렵다는 말이 나온 것도 바로 이 때문이지요. 그렇다면 전쟁이 시작되고 나면 좀 달라질까요? 물론 그렇습니다. 계속 이런 식이면 《난중일기》가 한 번쯤 읽어야 할 명저가 되지는 못했겠지요. 하지만 전쟁 중이라고 특별한 일만 있는 것은 아닙니다.

계사년 7월 3일 (을묘) 맑다. [양력 7월 30일]
적선 몇 척이 견내량을 넘어오고, 한편으론 뭍으로도 나오고 있으니 통분하다. 우리 배들이 바다로 나가 이들을 쫓으니, (적들은) 도망쳐 버려 도로 물러나와 잤다.

7월 4일 (병진) 맑다. [양력 7월 31일]
흉악한 적 수만여 명이 죽 벌여 서서 기세를 올리니 참으로 통분하다. 저녁에 걸망포(乞乙望浦)로 물러나 진을 치고 잤다.

7월 16일 (무진) 아침에 맑다가 저녁나절에 구름이 끼었다.
[양력 8월 12일]
저녁에 소나기가 와서 농사에 흡족하다. 몸이 몹시 불편하다.

7월 17일 (기사) 비가 내렸다. [양력 8월 13일]
몸이 대단히 불편하다. 광양현감(어영담)이 왔다.

전쟁 중이라는 게 믿기지 않지요? 가끔 '적의 수급을 베었다' 같은 대목이 있긴 하지만 《난중일기》는 대략 이런 식입니다. 이게 높이 평가 받는 이유는 이 일기가 임진왜란에 대한 중요한 사초이기 때문이지 재미있게 쓰여서가 아닙니다.

자, 여기서 우리는 뭘 느껴야 할까요? 전쟁이라고 해서 뭐 그리 대단한 일이 일어나는 게 아니라는 것, 그럼에도 불구하고 이순신 장군은 거의 매일같이 일기를 썼다는 점이지요. 이순신 장군을 본받고 싶다고요? 그렇다면 일기를 쓰십시오.

사소한 게 특별한 것이다

'개인적인 것은 정치적인 것이다'라는 말이 있습니다. 무슨 뜻일까요?

A가 B미장원에서 머리를 깎았는데 머리가 영 마음에 들지 않습니다. 그래도 A는 여기에 대해 다른 이에게 얘기하지 않았습니다. 취직이 안 돼서 고민하는 이들이 천지인데 겨우 머리 때문에 고민하는 게 사치스럽게 여겨졌기 때문입니다. 그러던 어느 날, 우연히 만난 C가 이렇게 말합니다.

"B미장원에서 머리를 깎는 바람에 머리가 완전히 망가졌어."

그러면서 C는 덧붙였습니다.

"거기 불매운동을 하든지 해야지, 너무한 것 아냐?"

A가 C를 보니까 정말 머리가 엉망입니다. 그 때 A는 깨닫게 되죠. B미장원은 머리 깎는 기술이 떨어지며 이런 식이면 피해자가 계속 늘어날 것임을요. 머리 깎는 게 매일 하는 일도 아니고 기껏해야 한두 달에 한 번 하는 것이잖아요. 그러니 머리를

잘못 깎는 것은 나의 한두 달을 망치는 일이 되고 이건 결코 사소한 일이 아닌 겁니다. 결국 A는 B미장원 앞에서 시위를 하고 그 미장원은 문을 닫습니다. '개인적인 것은 정치적인 것'이란 말은 바로 이런 뜻입니다.

이 말을 한 이유는 남이 보기에 사소한 일들도 우리에겐 매우 중요한 일이 될 수 있기 때문입니다. 밥을 먹었다는 것도 그저 평범한 일상의 한 부분이지만 우리는 밥을 한 끼라도 먹지 않으면 배가 고프고, 배가 고프면 일을 하지 못합니다. 또 누군가에게 밥 한 끼는 목숨과도 같을 수 있고요. 이게 어떻게 사소한 일일 수 있을까요? 이순신 장군이 '공무'를 봤다는 얘기를 매일 반복한 것도 이런 취지였겠지요. 그렇다고 해서 똑같은 일상을 일기에 반복해서 쓰라는 것은 아닙니다. '밥 세 끼 먹고 잤다'는 얘기만 계속 쓴다면 그게 어디 일기겠습니까? 이순신 장군은 지금부터 400여 년 전에 살았던 분인데 그분이 그랬다고 우리까지 그래서야 되겠습니까?

제가 드리는 말씀은 사소한 일상의 한 부분을 찾은 뒤 그걸 특별하게 만들라는 것입니다. 특별하게 만드는 것을 다른 말로 하면 '의미를 부여하다'가 되겠지요. 무슨 말인지 잘 이해가 안 간다면 한번 예를 들어보겠습니다.

학원에서 한 학생이 모자를 쓰고 수업을 듣다가 지적을 받습니다. 그러자 그 학생은 바로 모자를 벗었습니다. 순식간에 벌어진 일이고 매우 사소한 데다 엄밀히 말하면 내 일도 아닙니다. 하지만 여기에 의미를 부여한다면 이건 매우 중요한 이슈가 될 수도 있습니다.

◆ 일기 예 12) 모자를 위한 변명

A라는 학생이 학원 수업 때 모자를 쓰고 수업을 들었다. 열심히 수업을 하던 선생님이 갑자기 A 보고 모자를 벗으라고 했다. A는 놀라서 모자를 벗었고 수업은 다시 재개됐다. 그 광경은 내 머리에 오래도록 남았다. 집에 오는 길에 생각했다. 학생은 수업을 들을 때 모자를 쓰면 안 되는 것인지. 이론상으론 모자를 쓰는 게 말이 안 된다. 모자의 원래 목적은 햇볕을 가리기 위함일 텐데 실내에서 왜 모자를 쓴단 말인가?

하지만 지금은 모자를 쓰는 게 해를 가리기만을 위해서는 아니다. 요즘 모자는 패션이다. 모자를 쓰면 젊어 보이고 나 같은 경우엔 얼굴을 가려주니 덜 못생기게 보일 수도 있다. 머리를 안 감고 나온 경우에도 모자는 유용하다. 며칠 안 감아서 머리가 떡이 진 광경보다는 모자로 가린 게 훨씬 더 낫다. 또한 머리숱이 없는 경우, 그걸 가리기 위해서 모자를 쓰기도 한다. 이런데도 모자를 벗으라고 강제할 수 있을까?

물론 선생님은 모자가 수업의 효율성을 높여주는 눈 맞춤을 방해한다고 생각할지 모른다. 하지만 1대 1 수업이 아닌, 수십 명의 학생을 놓고 수업을 하는 중에 눈 맞춤이 중요할 것 같진 않다. 다른 선생님은 A를 제지하지 않으신 것으로 보아 모자를 쓰는 게 학원 규칙에 어긋나는 행위는 아니다. 어쩌면 그 선생님은 A가 모자를 쓴 게 불량스럽다고 생각한 것이 아닐까. 언제가 되건 그 선생님께 여쭤보고 싶다. 모자를 왜 못 쓰게 했는지.

어떻습니까? 사소한 사건이지만 여기에 의미를 부여하고 나니 멋진 논쟁으로 승화되지 않습니까? 이런 식으로 일기를 쓰면 나중에 논리 있는 글도 잘 쓰게 되고 또 말도 잘하게 됩니다. 일기를 쓸 소재도 무궁무진할 수 있고요. 다음의 소재들은 어떨까요?

—학원(회사) 에어컨 때문에 춥다는 사람이 많은데, 그렇다고 끄면 더위를 타는 사람은 어쩌나?
—식사 도중 말하는 것은 예의에서 어긋나는 일일까?
—주위에 흔히 보는 비둘기에게 먹이를 줘야 할까?

소재가 없다고 울지만 말고 당장 주위를 둘러보세요. 특별하지 않아도 된다고 하니까 소재가 넘치는 느낌이 들지 않나요? 다시 말씀드립니다. 사소한 게 특별한 것이라고요.

1 http://www.davincimap.co.kr/davBase/Source/davSource.jsp?Job=Body&SourID=SOUR001258

Part 3

놓치지 않습니다,
매일 **일기 쓰기!**

나만의 고유한 일기,
어렵지 않습니다

고유한 글 = 재미있는 글

부모님과 함께 횟집에 간 지영은 끔찍한 경험을 합니다. 생선회 정식을 시켰는데 그 중 회 하나에서 기생충이 꿈틀거리고 있었습니다.

지영은 이날의 기억을 다음과 같이 기록합니다.

 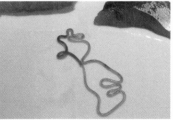

◆ 일기 예 13) 공포의 그 날

엄마가 회를 먹으러 가자고 했다. 회는 내가 가장 좋아하는

놓치지 않습니다,
매일 일기 쓰기!

음식이다. "아빠는?"이라고 물으니, 그리로 직접 오신단다. 차가 막혀서 원래 예정보다 20분쯤 늦게 도착했다. 배가 워낙 고팠기에 회가 나오자마자 마구 입에 집어넣었다. 오죽하면 아빠가 "숨 좀 쉬면서 먹거라."라고 했을까.

최고의 저녁이 될 것이라 믿었던 그날의 운명이 뒤틀리기 시작한 것은 어머니의 외마디 비명이 있고 난 후부터였다.

"으악! 저게 뭐야?"

도마에 놓인 생선회 옆구리에서 뭔가 꿈틀대는 것이 있었다. 뭔가 싶어 멍하니 지켜보다 난 저게 말로만 듣던 기생충이라는 사실을 깨달았다.

"기생충, 저거 기생충이야! 으악!"

난 엄마보다 더 크게 비명을 질렀다. 아빠 역시 놀라신 듯 뒤쪽으로 물러나 있었다. 우리 소리를 듣고 달려온 종업원도 화들짝 놀라더니 "사장님!"을 외치며 밖으로 나갔다. 사장과 주방장이 들어올 때까지 기생충은 계속 꿈틀거리고 있었다.

끔찍한 것은 내가 저 생선회와 초밥을 반 이상 먹었다는 점이었다. 내가 먹은 회 속에 기생충이 숨어 있었다면? 갑자기 토할 것 같은 기분이 들었다. 사장은, 연신 우리에게 죄송하다고 말했다.

"죄송하면 다요?"

아빠는 사장에게 따졌고 그럴 때마다 사장은 머리를 조아렸다.

"이 집, 다시는 안 올 거예요."

한참을 공포에 떨던 엄마는 너무도 당연한 말을 하셨다. 이집에 오지 않는 건 물론, 난 앞으로 죽을 때까지 회를 먹지 않을 것이다.

당시의 긴박감이 그대로 전해지지요? 시간이 아무리 흘러도 이 일기를 다시 본다면 그때의 공포가 되살아날 것 같네요. 이런 사건을 겪으면 대부분 자기 관점에서 본 사건을 일기장에 쓰기 마련입니다. 사람이란 자기중심적인 존재이니 그건 너무도 당연하겠지요. 이건 횟집이라는, 지극히 개인적인 공간에서 벌어진 일이라 이 자체로 고유한 글이 됩니다. '고유한 글 = 재미있는 글'이라는 점에서 이런 경험담도 꼭 필요합니다.

더 고유한 일기가 되려면

하지만 많은 이들이 공유하는 경험에 대해 일기를 쓴다면 어떻게 될까요? 예를 들어 개기일식이 벌어졌다고 칩시다. 그

날 일기는 아마 다음과 같은 내용이 될 것입니다.

◆ 일기 예 14) 개기일식이 부른 메뉴

오늘은 개기일식이 벌어지는 날이었다. 진짜인가 싶어 예정된 시각에 창문 밖을 내다봤더니 정말로 태양이 점점 사라졌다. 달이 태양을 가린 것이라니, 일식을 볼 수 있는 특수 안경을 쓰고 왔다면 더 적나라하게 일식을 관찰할 수 있었을 텐데 아쉽다. 아무튼 대낮인데도 불구하고 갑자기 사방이 어두워지는 게 그 원리를 아는 내게도 마냥 신기했다. 전혀 일반적이지 않은 현상이니만큼 과거엔 일식이 재앙의 전조라고 불렸던 것도 이해가 갔다. 오늘 저녁은 일식을 먹을 생각이다.

맨 마지막 줄에 약간의 반전이 있긴 했지만 이런 일기는 그다지 재미가 없는 일기입니다. 누구나 쓸 수 있는 내용이기 때문입니다. 좋은 글에 있어야 할 '고유성'이 이 일기에는 없습니다. 하지만 조금 더 노력을 하면 일기가 볼 만한 것이 됩니다. 다음과 같이 말입니다.

◆ 일기 예 15) 아는 것이 힘, 일식

오늘은 개기일식이 있는 날이었다. 진짜인가 싶어 창문을 내다봤더니 태양이 점점 사라졌다. 지금이야 대부분의 사람들이 천체에 대한 지식을 갖고 있어 이런 일에 놀라지 않지만, 과거 사람들은 일식이 대재앙을 예고하는 전조라고 생각했던 모양이다. 그런데 이런 믿음이 힘을 얻으려면 일식 후 실제로 재앙이 일어난 적이 있어야 할 텐데 과연 그럴까? 인터넷을 아무리 뒤져봐도 일식과 비슷한 시기에 재앙이 일어난 적은 없는 것 같다. 가장 최근 사례는 2009년 인도에서 개기일식을 보려고 7만 명의 군중이 몰리는 바람에 2명이 압사한 사건이 있던데 이걸 가지고 '일식 = 재앙'이라고 주장하긴 좀 어렵지 않을까?

오히려 일식이 전쟁을 종식시키는 데 쓰였다는 기록이 있다. 고대에 살던 탈레스는 자기 나라가 이웃과 끊임없이 전쟁을 하는 것에 불만을 품고 있었다. 그런데 매우 뛰어난 수학자였던 탈레스는 그 당시에 이미 개기일식에 대한 지식을 갖고 있었기에 다음 일식이 언제 일어날지를 예측했다. 그래서 탈레스는 다음과 같은 예언을 한다.

"588년 5월 28일까지 전쟁을 멈추지 않으면 신이 노여워해서 대낮이 밤처럼 컴컴해질 것이다."

과연 그날이 되자 태양이 사라졌고 놀란 두 나라의 왕은 전쟁을 끝냈다. 어떤 곳에서는 일식이 재앙으로 여겨지고 또 다른 곳에서는 일식이 전쟁을 종식시키는 수단이 된다니, 신기하지 않은가? 이 둘의 차이점은 일식의 정체가 무엇인지 아느냐 모르냐였는데 그렇게 본다면 '아는 것이 힘'이란 말은 역시 진리다. 나도 배움을 게을리하지 말아야겠다.

마지막에 교훈도 주긴 하지만 그보다 아까 일기에 비해 훨씬 더 재미있지 않습니까? 개기일식이라는 현상에 간단한 역사적 사실만 추가해도 글이 풍부해집니다. 잠깐 인터넷을 검색함으로써 평범해질 뻔한 일기가 변한다니 일기를 잘 쓰는 것도 별 게 아니지요?

관점을 바꾸면

같은 내용을 좀 더 고유한 글로 만드는 방법에는 관점을 바꾸는 것도 있습니다. 학생 때에는 다들 비슷한 일기가 나오는 이유는 자기들끼리 베끼기 때문도 있지만 그보다는 학생들이 하는 경험이 대개 비슷하고 또 그 경험을 1인칭 시점에서 기술하기 때문입니다. 위에서 나온 개기일식도 태양의 관점에서 쓴다면 전혀 다른 일기가 나오겠지요.

◆ 일기 예 16) 아, 상한 자존심이라니!

오늘도 지구를 뜨겁게 불사르려고 했는데 달이 내 앞길을 막았다. 크기로 보면 아무것도 아닌데 나보다 지구에 더 가깝게 있는지라 지구인들이 보면 마치 내 존재가 지워진 것 같단다. 아, 자존심 상해. 언제 한번 손을 좀 봐줘야겠다.

아까보다 더 재미있고 귀여운 일기가 나왔죠? 이렇듯 자신이 아닌, 태양을 주인공으로 삼으면 고유한 일기를 쓸 수 있어요. 개기일식을 보는 관점이 사람마다 다르니, 무궁무진한 일기가 나온답니다. 위에서는 달이 태양의 앞길을 막은 것처럼 썼지만 태양이 쉬는 동안 달이 태양의 일을 대신해주는 것처럼 쓸 수도 있지 않겠어요? 달의 입장에서도 한번 써봅시다.

◆ 일기 예 17) 지구인들, 정신 차리세요!

태양 형님과 나는 만날 일이 없는 존재들이다. 형님은 천체의 중심에 있고 난 지구 주위를 도는 위성에 불과하니 말이다. 그런데 아주 가끔, 내 동선이 꼬이면서 내가 형님과 지구 사이에 위치하는 일이 벌어진다. 본의 아니게 형님의 앞길을 막아서게 되는 것이다. 태양에 의존해 살고 있는 지구로선 이런 일이 그저 놀라울 수밖에 없다. 그래서 지구에선 이런 일이 있을 때마다 재앙이 불어닥친답시고 하늘에 대고 제사를 지내고 아주 난리가 아니다. 이것 보세요, 지구인들. 이거 다 내가 벌인 일인데 번지수가 틀린 거 아닌가요?

훨씬 더 재미있는 일기가 나왔지요? 관점만 바꿔도 이렇게 다양한 일기가 나올 수 있다고요.

자, 이번에는 관점 바꾸기의 하이라이트, 생선회에서 기생충이 나온 사례를 보겠습니다. 1인칭 시점으로 쓴 일기도 충분히 충격적이고 재미있지만, 기생충의 입장에서 써보면 훨씬 더 신선해집니다. 본격적으로 일기를 쓰기 전에 몇 가지 사실은 알아야 합니다. 생선회에서 기어 나온 기생충이 '필로메트라(Philometra)'라는 이름을 가졌고 바다 생선에 흔히 있는 놈이라는 것, 그리고 사람에게 섭취돼도 감염되는 대신 바로 소화되어 우리의 피와 살이 된다는 것을요. 이런 정보도 좀 시간이 걸리긴 하지만 인터넷에서 찾을 수 있습니다. 그게 안 된다면 해당 분야 전문가에게 물어보면 친절하게 가르쳐 드립니다.

◆ 일기예 18) 내가 이러려고 기생충으로 태어났는지 자괴감이 든다

내 이름은 필로메트라다. 지금 난 죽어가고 있다. 이건 아무리 봐도 부당하다. 내가 죽어야 할 만큼 큰 잘못을 저지르지

않았기 때문이다. 원래 나는 물고기 몸 안에 살던 기생충이다. 그 안에서 난 늘 행복했다. 별로 바라는 게 없었기에 가능한 일이었는데, 내가 얼마나 소박한 기생충이냐 하면 지금까지 쇠고기를 원한 적도 없고, 경복궁을 구경시켜 달라고 조른 적도 없었다. 오직 물고기 몸 안에서 살 수 있는 것만으로도 난 충분히 감사드렸다. 그런 내가 남은 여생도 이렇게 살 수 있기를 바랐다고 해서 그게 지나친 욕심은 아니지 않을까?

그러던 어느 날, 내가 몸을 의탁했던 물고기가 갑자기 물 밖으로 내던져졌다. 안에 있어서 자세한 건 알 수 없었지만 물고기가 곧 죽었다는 것은 알 수 있었다. 그로부터 얼마 후, 난 베이지색 도마 위에 놓인 신세가 됐다. 이런 경험은 처음이었기에 난 좀 당황했다. 어찌해야 할지 몰랐다는 뜻이다. 그래도 주변에 물고기 근육들이 놓여 있었기에 사람들 눈에 띄지는 않는 것 같았다. 그런데 그 근육들이 하나둘씩 치워지더니 한 사람의 눈과 정면으로 마주치게 됐다.

"으악!"

그녀가 비명을 질렀다. 사실 더 놀란 것은 나였는데 말이다. 안 되겠다 싶었던 난 잽싸게 여길 빠져나가야겠다고 생각해 마구 몸부림을 쳤다. 비명 소리는 더 커졌고 사람들이 더 몰려왔다. 한 여자 분은 아예 엉엉 울고 있었는데 그녀를 생각하면 지금도 화가 난다. 아니, 내가 뭘 어쨌다고 다들 이러는 거야? 생선 몸 안에 있다가 상황이 이상하게 돌아가서 밖으로 나온 게 그리 잘못한 거야? 진짜 울고 싶은 건 나라고.

겨우 몸을 빼내는 데 성공했지만 잠시 뒤 난 하얀 모자를 쓴, 주방장이라 불리는 사람에게 붙잡혔다. 그는 나를 어디론가 끌고 가더니 커다란 바구니에 버렸다. 으, 냄새. 여긴 쓰레기통이 틀림없다. 물고기 몸을 벗어나면 오래 살지 못하니 나는 곧 죽을 것이다. 정말 억울하지 않은가? 내가 무슨 죄를 지었다고 이런 더러운 곳에서 죽어야 하는가? 기생충으로 태어난 게 그저 서럽다. 다음 생애에는 절대로 기생충으로 태어나지 않겠다.

생각만큼 재미는 없다고요? 원래 재미있게 써보려 했는데 의욕이 앞섰네요. 중요한 것은 이 글을 쓰면서 기생충 입장이 돼봤다는 점입니다. 입장을 바꿔놓고 생각해 보는 것, 이걸 사자성어로 '역지사지(易地思之)'라고 합니다. 역지사지는 사람과의 관계에서 꼭 필요합니다. 그래야 다른 사람의 기분을 잘 헤아리고 그가 왜 그런 행동을 했는지 이해할 수 있으니까요.

이 역지사지의 능력은 저절로 길러지는 것은 아닙니다. 다른 이에게 감정이입을 하는 등 나름의 노력을 해야 하는데요,

이렇게 자기 관점이 아닌, 다른 이의 관점으로 일기를 쓴다면 역지사지를 잘 할 수가 있습니다. 기생충의 관점에서 세상을 보는 이라면, 다른 이의 입장을 얼마나 잘 살피겠습니까?

가끔은 1인칭이 아닌, 상대방의 입장에서 일기를 써봅시다. 우리가 못 보던 세계를 보는 게 가능하니까요.

놓치지 않습니다,
매일 일기 쓰기!

책을 읽어야 일기를 더 잘 씁니다
: 기초편

아는 게 많으면 금상첨화

학교에서 돌아온 민이는 아파트에서 어떤 분이 고양이 밥을 주는 광경을 봅니다. 네이버를 보면 캣맘은 '길고양이나 들고양이, 유기묘 등 주인이 없는 고양이에게 사료를 정기적으로 챙겨 주는 사람을 일컫는 말'이라고 돼 있습니다. 민이는 생각했습니다.

'아, 저분이 바로 말로만 듣던 캣맘이구나.'

각박한 세상에서 주인 없는 고양이를 챙기는 그 마음이 좋아 보였습니다. 그런데 잠시 뒤 다른 주민이 캣맘에게 다가와서 왜 먹이를 주냐고 합니다. 다른 주민들도 합세해서 캣맘을 비난했습니다. 수세에 몰린 캣맘은 결국 자리를 피했습니다. 주민들은 그 자리에서 계속 욕을 했지요. 민이는 이 목격담을 오늘 일기에 쓰기로 합니다.

제목: 캣맘

오늘 캣맘이 고양이한테 먹이를 줬다. 그런데 주민들이 와서 그러지 말라고 항의했다. 주민들 중 일부는 삿대질을 하면서 목소리를 높였다. 결국 수적으로 밀린 캣맘은 울면서 자리를 떴다.

이렇게 쓰니까 더 쓸 말이 없습니다. 적어도 누가 잘못했다, 라는 자기 판단이라도 들어갔으면 좋겠지만 민이는 판단이 잘 서지 않습니다. 왜 그럴까요? 민이가 캣맘에 대해서 잘 모르고 주민들이 왜 캣맘을 비난하는지도 모르기 때문입니다.

만일 민이 어머니가 캣맘이라면 어땠을까요? 그랬다면 민이는 어머니에게 이런저런 이야기를 물어볼 수 있었겠지요. 아는 게 많아지면 일기가 훨씬 더 멋져집니다.

◆ 일기 예 19) 캣맘, 공존하는 세상을 위해

길고양이에게 먹이를 주는 이를 캣맘이라고 한다. 오늘 하교 길에 캣맘 한 분을 봤다. 벌써 오랫동안 활동하셨는지 캣맘을 보자 고양이들이 우르르 몰려들었다. 비록 주인이 없는 길고양이지만, 그들도 엄연한 생명이다. 그런 그들에게 먹이를 주는 건 지구의 지배자인 인간이 마땅히 베풀어야 할 인정이리라. 흐뭇하게 그 광경을 바라보는데 갑자기 주민 몇 명이 몰려들어 캣맘한테 뭐라고 한다. 몇몇은 목소리를 높이며 캣맘을 몰아붙인다. 그들의 말에도 일리가 있다. 우선 길고양이가 몰려와서 떼로 울어대거나 지들끼리 싸우느라 괴성을 지르는 통에 밤잠을 못 자는 등 스트레스에 시달리는 분들이 있다. 또한 고양이들이 쓰레기봉투를 찢고, 대소변을 배출하는 등 환경을 더럽히기도 한다. 밤에 다닐 때 고양이로 인해 무서웠던 경험, 다 한 번씩 있지 않은가? 그런데 캣맘이 먹이를 주니 고양이들의 수가 줄어들기는커녕 점점 늘어난다. 이러다간 길고양이 수백 마리가 매일 밤 모임을 갖는 일도 없으란 보장이 없다. 고양이에 점령당한 아파트라니, 집값이 떨어지는 것도 시간문제다.

하지만 캣맘이신 어머니에 따르면 이들에게 먹이를 주는 건 긍정적 효과가 있단다. 먹을 게 있으면 길고양이들이 쓰레기봉투를 찢지 않을 수 있고, 길고양이의 존재가 쥐가 출몰하는 것을 막는 효과도 있단다. 길고양이가 유행하기 전에는 나라에서 나서서 '쥐를 잡자'는 캠페인을 벌이기도 했다는데 아무리 길고양이가 싫다 해도 쥐보다는 낫지 않을까? 울음소리가 듣기 싫다면 비교적 한적한 곳에 공간을 마련해 거기서만 먹이를 주는 방법도 있을 것이다. 어차피 통제가 불가능할 정도로 숫자가 늘어난 이상, 이젠 길고양이와 더불어 공존하는 삶을 생각해 봐야지 않을까? 지구가 인간만의 것이라는 오만을 버리고 대책을 마련한다면 모두에게 피해가 덜 가는 방안을 생각해 낼 수 있으리라. 마지막으로 주민들한테 봉변을 당한 그 캣맘이 마음을 다치지 않았기를 빈다.

아까보다 훨씬 충실한 일기가 됐지요? 그 비결은 캣맘과 주민들이 왜 대립하는지를 민이가 잘 알고 있어서입니다. 그래서 민이는 둘 간의 쟁점을 나열한 뒤 자기판단으로 끝을 맺는, 완결된 구조의 글을 쓸 수 있었습니다.

경험은 최고의 스승이다

어떤 이가 전쟁에 대한 글을 쓰고 싶다면 다음 중 어떤 게 가장 좋을까요?

1. 국회도서관에 가서 전쟁 자료를 찾아본다.
2. 전쟁에 나갔던 사람을 만나서 이야기를 듣는다.
3. 지금 벌어지고 있는 전쟁에 종군기자로 참여한다.
4. 지금 벌어지고 있는 전쟁에 전투병으로 참여한다.

물론 가장 좋은 선택은 1이나 2겠지요. 3과 4는 자칫하면 목숨을 잃을 수도 있으니까요. 그런데 질문을 조금 바꾸면 어떨까요?

"전쟁에 대해 가장 생생한 글을 쓰고 싶다면 어떤 방법이 제일 좋을까요?"

여기에 대한 답은 4번이겠지요. 종군기자도 괜찮은 선택일수 있지만 직접 전투를 하면서 느끼는 공포를 종군기자가 알수는 없지 않겠습니까?

유명 소설가인 헤밍웨이는 파시스트와의 전쟁인 스페인내전에 직접 참여한 경험을 바탕으로 전쟁소설의 걸작 《누구를위하여 종은 울리나》를 썼고, 그가 1차 대전에 참여한 경험은 《무기여 잘 있거라》로 승화됩니다. 조지 오웰 역시 스페인내전에 참여했는데요, 그는 그 경험을 바탕으로 《카탈로니아 찬가》를 쓰지요. 그들이 직접 전쟁에 참여하지 않았다면 과연 그런 멋진 전쟁소설을 쓸 수 있었을까요?

경험이야말로 최고의 스승이라고 말하는 것은, 직접 경험해봐야 해당 사안에 대해 가장 잘 알 수 있다는 얘기입니다. 아까 민이는 캣맘인 엄마한테 들은 지식을 바탕으로 글을 썼다고 했지요? 만일 민이가 직접 캣맘 생활을 한 경험이 있다면 어땠을까요? 캣맘 생활을 하면서 겪었던 일들, 반대자들과 언성을 높였던 기억, 이런 것들을 덧붙인다면 훨씬 더 생생한 글이 될 수 있었겠지요.

《아무도 미워하지 않는 개의 죽음》이란 책이 있습니다. '버려진 개들에 관한 르포'라는 부제를 단 이 책은 소설가 하재영 씨가 썼습니다. 그는 어떻게 이 책을 쓸 수 있었을까요? 원래 하재영 씨는 개를 좋아하지도 않았고, 키울 생각도 없었습니다. 그런데 그의 지인인 남녀 커플이 사귀는 징표로 개를 사서 키웠다가 헤어지면서 그 개를 버리려고 한 겁니다. 마음 약한 하재영 씨는 할 수 없이 그 개를 맡아서 키우게 됩니다. 그러면서 그는 버려진 개들의 열악한 실태에 대해 알게 되지요. 이 책은 하재영 씨가 다른 이들과 함께 동물구조에 나섰던 생생한 경험을 담았습니다. 어디서 들은 얘기가 아니라 직접 발로 뛰며 경험한 것들을 쓴 책이라는 얘깁니다. 버려지거나 방치된 개들의 모습이 너무 리얼하게 그려져 책장을 쉽사리 넘기지 못했던 건 그 때문입니다.

소설가는 어떻게 글을 쓰는가

김훈 선생이란 분이 있습니다. 우리나라에서 김훈 선생님처럼 글을 잘 쓰는 분은 없지 않을까 싶은데, 대표작으로는 이순신 장군 이야기를 그린《칼의 노래》와 병자호란을 다룬《남한산성》등이 있습니다. 우리는 소설가에 대해 이런 상상을 하곤 합니다. 자기만의 멋진 작업실이 있어서 아침에 그리로 출근해 온종일 글과 씨름하다 퇴근한다고요. 뭐, 맞는 말일 수도 있겠지만 김훈 선생님의 얘기는 좀 다릅니다.

"나는 소설을 쓰기 위해 많은 데를 다녀요. 그러다 보면 몇 개의 이미지가 걸려 들어와요. 그러면 그것이 글을 쓰는 데 많은 도움이 되죠."[1]

《태백산맥》과《아리랑》으로 유명한 조정래 선생님도 마찬가지입니다. 한반도는 물론이고 만주, 러시아, 그리고 하와이까지, 방대한 지역들을 배경으로 하는《아리랑》을 쓰기 위해 조정래 선생님은 해당 지역을 발이 닳도록 다녔습니다. 김제에 있는 아리랑 문학관에 가면 조 선생님이 현장을 다니며 찍은 사진과 글을 쓰기 위한 스케치들이 전시돼 있는데요, 거길 다녀온 어느 분은 이런 소감을 남겼습니다.

《아리랑》속 공간적 배경이 되는 만주와 러시아 그리고 하와이

등 모든 곳에 가서 주인공들 입장이 되어 그들의 삶을 공감하고 아파하면서 그 이야기를 소설 속에 담아놓은 진정성과 인간애에 감동의 전율이 느껴졌다.[2]

물론 모든 소설가가 다 이렇게 하는 것은 아닙니다. 하지만 직접 발로 뛰고 경험한 것들이어야만 리얼리티가 넘치는 소설로 승화될 수 있는 겁니다. 사랑을 한 번도 안 해 본 이가 사랑에 대한 소설을 쓸 수 없는 것처럼요.

책을 통한 간접 경험이 소중하다

한 소설가가 임무를 띠고 화성에 갔다가 고립된 한 대원이 극적으로 구조되는 소설을 쓰고자 합니다. 이걸 쓰려면 작가가 직접 화성에 가봐야 할까요? 화성 소설의 자격 조건이 그런 것이라면 화성을 무대로 한 소설은 나오지 못할 겁니다. 화성에 가본 경험이 있는 이가 거의 없다시피 한 게 우리 현실이니까요.

그런데 《마션》이라는 소설이 나왔습니다. 와트니라는 이름의 우주인이 화성에 고립됐다가 탈출하는 줄거리지요. 리들리

놓치지 않습니다,
매일 일기 쓰기!

스콧이 나중에 영화로 만들기도 했는데요, 소설의 원작자는 앤디 위어(Andy Weir)로 대학에서 컴퓨터 공학을 전공한 사람입니다. 그는 화성은커녕 달에도 한 번 가보지 못한 사람입니다. 그런 그가 어떻게 《마션》을 쓸 수 있었을까요?

그는 어려서부터 아시모프 등이 쓴 과학소설을 읽으면서 지냈고 《마션》을 쓰기 위해 화성에 관한 책도 여러 권 읽었다고 합니다. 그 덕에 앤디 위어는 진짜 화성과 비슷한 풍경을 책에 구현할 수 있었지요. 그러니까 책을 통한 간접 경험은 해당 주제에 대한 글을 쓰게 만드는 비결입니다. 물론 직접 경험하는 게 더 좋긴 하지만 우리가 모든 경험을 다 할 수는 없는 노릇인 만큼 좋은 글을 쓰는 사람이라면 책을 많이 읽는 게 좋습니다. 일기 쓰는 사람에게도 마찬가지고요.

다시 민이 얘기로 돌아가 봅시다. 민이가 캣맘 생활을 직접 했다면 더 생생한 글을 쓸 수 있었을 것이라고 했지요? 하지만 꼭 캣맘 생활을 하지 않더라도 책을 읽으면 캣맘에 대한 더 좋은 글을 쓸 수 있답니다.

《낮고양이 밤고양이》는 10년 차 캣맘과 7년 차 캣맘의 경험을 토대로 캣맘의 삶을 알려주는 책입니다. 《우리 집에 온 길고양이 카니》를 읽는다면 길고양이도 얼마든지 가족이 될 수 있다는 사실을 알 수 있을 테고요. 《고경원의 길고양이 통신》

도 길고양이의 삶에 관해 많은 것을 알려 줍니다. 평소 이런 책들을 읽어봤다면 일기장에 캣맘에 대한 훨씬 더 좋은 글을 쓸 수 있을 겁니다. '평소'를 강조한 이유는 일기를 쓸 때 이런 책들을 갑자기 찾아서 읽을 수는 없기 때문입니다.

---

1 네이버캐스트, 인생스토리, '김훈, 눈이 아프도록 들여다보며 세상을 이해하는 소설가'(https://terms.naver.com/entry.nhn?docId=3574373&cid=59013&categoryId=59013)
2 "조정래《아리랑》속 배경을 찾아서」 김제~삼례~군산 이어지는 일제 수탈의 역사와 마주보다' 〈전북일보(2017.09.06)〉

놓치지 않습니다,
매일 일기 쓰기!

책을 읽어야 일기를 더 잘 씁니다
: 중급편

남이 잘 하면 보고 배워야

"신이 내린 재능이다. 이런 재능은 천 년에 한 번 나올까 말까 한 것이다. 김연아가 연기한 걸 보고 나면 난 그냥 코치하는 걸 집어 치우고 싶다."

러시아 피겨 코치였던 알렉산더 줄린(Alexander Zhulin)이 김연아 선수에 대해 한 말이랍니다. 김연아 선수에 대한 찬사야 워낙 많았으니 줄린의 말이 별로 특별하게 여겨지지 않을 수도 있겠지요. 하지만 그가 이 말을 한 시기는 2007년 러시아 그랑프리 대회가 끝난 뒤였습니다. 그 당시에는 김연아 선수가 확실한 여제가 아니었고, 아사다 마오랑 라이벌이니 뭐니 하던 시기였지요. 척 보면 안다고 전문가 눈에는 그 시기에도 김연아 선수의 피겨가 타의 추종을 불허할 만큼 위대하게 보였던 모양입니다.

줄린의 예언대로 김연아는 2010년 밴쿠버 동계올림픽에서 쇼트 78.50점, 프리 150.06점, 총합 228.56점이라는 무시무시한 점수로 우승합니다. 아사다 마오가 2위긴 하지만, 김연아 선수는 마오와 아예 차원이 다른 선수였습니다. 특히 도약부터 착지까지 피겨 교과서가 말하는 내용을 완벽하게 소화한 그녀의 점프는 다른 이들이 흉내낼 수 없을 만큼 뛰어났습니다. 피겨를 시작하려는 이라면 당연히 김연아 선수의 점프를 교본으로 삼아 연습을 하겠지요. 물론 직접 해 보면 '아, 나는 안 되는구나'라고 좌절하게 되겠지만 그래도 계속 보고 또 보고 꿈에서도 보고, 이러다 보면 그 점프를 어설프게나마 따라할 수도 있지 않을까요?

그렇다면 좋은 글을 일기장에 쓰고 싶다면 어떻게 해야 할까요? 당연히 좋은 글을 자꾸 보고 또 보고 꿈에서도 봐야겠지요. 이렇게 한다면 백일장과는 담을 쌓은, 글재주가 없는 사람이라 해도 그 글을 어설프게나마 따라할 수도 있지 않을까요?

제가 그랬습니다. 글쓰기와 책읽기를 모두 서른에 시작한 제가 글을 잘 쓰기 위해 했던 것은 매일 일기를 쓰는 것과 책을 읽는 것이었습니다. 다른 사람의 문체를 모방하는 건 안 좋은 일 아니냐고요? 내용만 다르다면 문체 좀 따라하는 거야 뭐 그리 문제겠습니까? 저도 그랬답니다. 처음에 제가 따라했던 분은 전북대 강준만 교수님이었어요. 그분이 어이없는 경우에 즐겨 쓰던 '소가 웃을 일이다'라는 구절이나 '~란 말인가?' 같은 어미는 제 초창기 글에도 자주 나옵니다. 하지만 사람이란 한 사람의 책만 계속 읽게 되진 않습니다. 다른 책을 읽다 보면 마음에 드는 문장이 생기고 그 문체를 따라하게 되지요. 이런 일이 반복되는 과정에서 저만의 문체가 만들어지더군요.

멋진 표현을 내 것으로

우리는 하루에 몇 개의 단어를 쓸까요? 인터넷을 찾아보니 출처 불명의 자료에 '남자 1만 개, 여자 2만 5천 개'라고 되어 있네요. 이렇게나 많이, 라며 놀라셨지요? 저도 찾아보고 놀랐습니다. 잘해야 500개는 될까 싶었는데 말입니다. 주의할 사항은 이 자료가 업로드 된 시기가 2007년이란 점이지요. 스마트폰이 없던 그 시절엔 사람들이 대화를 좀 더 많이 했으니 이해가 전혀 안 되는 것도 아닙니다.

500개든 1만 개든, 우리가 주로 쓰는 단어는 어떤 것들일까요? 만난 지 얼마 안 된, 소위 '썸'을 타는 사이가 아니라면 매우 상투적인 단어들만 사용하고 있지 않나요? 너무 좋아, 너무 배고파, 짜증나 등등이 우리가 평소 쓰는 말들이지요. '너무'가 부족하다 싶으면 '너무너무'라고 쓰기도 하고요.

이런 단어들만 가지고 일기를 써도 큰 지장은 없습니다만 이러다 보면 가끔씩 답답함을 느끼게 됩니다. 뭔가 더 멋진 표현을 하고 싶은데 그게 안 될 때, 내가 본 것을 표현하고 싶은데 떠오르는 단어가 없을 때, 억지로 쓴 문장이 내 의도와 다를 때 등등의 경우 말입니다.

그래서 우리는 책을 읽어야 합니다. 책에는 우리가 평소 외면했던 아름다운 표현들이 나오기 때문입니다. 책을 읽다가 만나는 문장들은 우리의 사고를 저 멀리로 확장시켜 줍니다. 또한 우리로 하여금 멋진 표현을 하도록 동기 부여를 해줍니다.

《도시는 무엇으로 사는가》[1]는 '알쓸신잡'이라는 TV 프로그램에 나와 유명해진 건축가 유현준 씨가 우리나라 도시를 비판적으로 바라본 책입니다. 건축가가 쓴 책이어서 딱딱하지 않을까 하는 생각을 했지만 이 책은 술술 읽힙니다. 도시 건축물에 대한 책이 잘 읽힌다니 비결이 뭘까요? 책에 나오는 저자의 비유가 워낙 뛰어나기 때문입니다. 아파트의 획일성에 대한 비판을 보죠. 저자는 난데없이 이렇게 말합니다.

좋은 건축물은 소주가 아니라 포도주와 같다.(147쪽)

무슨 말일까요? 소주는 공장에서 똑같이 찍어내는 반면 포도주는 포도의 종자가 같다 해도 재배된 땅, 그 해의 기후, 담그는 사람에 의해 맛이 다 달라집니다. 소주의 맛은 다 똑같지만 포도주의 맛이 다 다른 건 이 때문이지요. 그러면서 저자는 말합니다. 건축 역시 하나밖에 없는 땅, 하나밖에 없는 설계자, 하나밖에 없는 건축주에 의해 만들어지는데 어떻게 똑같은 건축물만 잔뜩 만들어질 수 있느냐고요. 처음부터 아파트의 획일성을 비판했다면 그러려니 하지만 소주와 포도주를 예로 들어 설명하니 가슴에 더 와닿지 않나요?

저자의 멋진 비유는 한두 개가 아닙니다. 저자는 우리 도시가 아름답지 못한 이유를 '오래된 건축물이 없어서다'라고 말합니다. 시간이 감에 따라 사람의 삶이 건축물에 담기면 멋진 건축물이 될 수 있는데 우리나라는 조금만 오래되면 다 부수고 새로 짓는 걸 능사로 안다는 겁니다. 그러면서 저자는 다음과 같은 예를 듭니다.

유치원 시절 사생대회에 나갔을 때 경험이 생각난다. 그림을 그리다가 망쳐서 맘에 들지 않으면 울면서 망친 그림을 버리고 새

도화지에 처음부터 다시 시작했었다……. 우리나라 재개발의 모습은 마치 울면서 새 도화지를 달라고 떼쓰는 어린아이의 모습 같다.(같은 책 236쪽)

유치원 아이의 모습이 오버랩 되면서 재개발에 열심인 우리 도시가 갑자기 한심해 보이지요?

다른 비유 중에도 좋은 것들이 많지만 제가 이 책에서 감탄한 비유는 절과 교회의 비교입니다. 절은 큰 집회 대신 자신이 원하는 시간에 찾아가서 개인적으로 소원을 빌지만, 교회는 사람이 한꺼번에 모여 예배를 봅니다. 그래서 절은 비신자라도 아무 때나 들어가 둘러보는 게 가능하지만, 교회 건축물은 비신자가 문을 열고 들어가기엔 너무 큰 용기가 필요합니다. 저자는 '절은 미술관이고 교회는 경기장'이라고 비유하면서 전도를 목적으로 하는 교회가 건축적으로는 너무 폐쇄적이니 건축 공간의 디자인을 바꾸자고 얘기합니다. 무턱대고 "교회가 바뀌어야 한다."라고 하기보단 적절한 비유를 들면서 얘기하니 훨씬 더 설득력이 있지요?

책을 많이 읽고 그 안에 나오는 표현들을 보다 보면 여러분도 더 멋진 글을 쓰고픈 욕구를 느끼고 고민하게 되고, 나중에는 훨씬 멋진 표현으로 일기장을 채울 수 있을 겁니다.

토막상식까지 완전정복

흔히 소설은 재미를 위해 읽는다고 생각합니다. 물론 재미는 소설의 아주 중요한 부분입니다만 소설을 통해 얻을 수 있는 것은 한두 가지가 아닙니다. 특히 소설에 등장하는 토막상식은 나중에 글을 쓸 때 아주 유용하죠.

소설 《화이트 래빗》[2]은 한 가정집에 들어간 절도범이 하필 그 집 가족을 볼모로 인질극을 벌이는 범인에게 붙잡혀 인질이 된다는, 매우 기상천외한 소설입니다. 제가 지금 앞부분만 조금 읽었지만 그 안에서도 알아두면 써먹기 좋은 상식들이 나오더군요.

인질극의 원인이 되는 '오리오오리오'라는 남자는 별자리에 관심이 많습니다. 그 이름처럼 오리온자리를 좋아하죠. 오리온자리? 한 번 들어본 것 같다고 생각하실 겁니다. 오리온은 그리스 신화에 나오는 거인입니다. 바다의 신 포세이돈의 아들인데 사냥을 잘한다고 으스대는 모습을 아니꼽게 여긴 여신이 그에게 전갈을 보냈답니다. 오리온은 결국 전갈의 독침에 찔려 죽는데 "그래서 전갈자리가 하늘에 보이면 오리온자리는 달아나듯이 가라앉는 거야."(12쪽) 라는 내용이 이 책에 등장합니다.

이것 말고도 또 다른 이야기가 있습니다. 사냥의 여신인 아르테미스는 오리온과 결혼을 약속한 사이입니다. 그런데 아르테미스의 오빠 아폴론은 오리온을 싫어했고, 결국 무서운 계략을 짭니다. 아르테미스더러 바다에 보이는 바위를 화살로 맞출 수 있느냐고 물은 것이죠. 아르테미스는 그 바위를 명중시켰는데 알고 보니 그건 바위가 아니라 오리온이었답니다.

특별히 신화를 공부하지 않는 한 별자리에 대해 잘 알기 힘들죠. 게다가 공기가 오염돼서 깜깜한 밤에도 별을 보기 힘든 요즘이라, 오리온자리는 더더욱 과거의 추억이 된 것 같습니다. 하지만 이 책에서 오리온자리의 이야기에 대해 듣고 나면 오리온자리를 찾아보려고 밤하늘을 보게 되지요. 그리고 일기장에 다음과 같은 이야기를 쓸 수 있을 겁니다.

◆ **일기 예 20) 오리온, 창의성의 보고**

난 별자리를 그다지 좋아하지 않았다. 별들 사이에 가상의 선을 연결해서 특정 모양이라고 우기는 것인데 그 대부분이 억지스러웠다. 북두칠성이 국자 모양이라는 것은 그래도 동의할 수 있었지만, 나머진 도대체 말이 안 됐다. 예컨대 큰곰자리를 보면서 그게 곰 모양이라고 생각한 사람이 과연 얼마나 될까? 차라리 회충이 똬리를 튼 회충자리라고 우기는 게 더 그럴듯해 보였다.

하지만 오늘 《화이트 래빗》이란 책에서 오리온자리에 대해 알고 나니 도대체 왜 별자리 같은 것을 만드는지 알 것도 같았다. 아주 오래 전, 지금처럼 스마트폰도 TV도 없던 시절, 사람들은 매우 심심했다. 그 무료함을 달래기 위해 신들의 이야기, 즉 신화를 만들어 냈다. 밤이 되자 사람들은 더 심심했다. 지금처럼 환하게 전등을 켤 수도 없으니, 길고 긴 밤을 어떻게 보내야 할지 난감했을 것이다. 그 무료함을 달래기 위해 사람들은 별을 보기 시작했고, 신화에서 얘기한 것들을 그 별자리에 나타내려고 하지 않았을까?

그렇게 본다면 다른 놀 만한 것들이 많아진 요즘, 사람들이 별을 보지 않는 건 당연한 일일지도 모르겠다. 하지만 별을 보며 이야기를 만들어 내던 과거 사람들이 수동적으로 스마트폰만 보는 지금 사람들보다 더 창의적인 건 확실하다. 이전에 읽은 《뇌의 배신》이 생각난다. 그 책 역시 사람이 아무 일도 안 하고 멍 때리거나 명상을 하거나 빈둥거릴 때 창의적이 된다며, 빈둥거릴 공간과 시간이 필요하다고 주장했으니까. 다시금 별자리를 올려다볼 때다. 창의성을 키우기 위해서.

책에서 읽은 오리온자리 이야기로 일기를 써봤습니다. 자,

이제는 책을 읽으면 일기를 잘 쓸 수 있다는 얘기를 믿으시겠지요? 믿으신다면 읽으세요. 자투리 시간을 모으고 모으면 시간은 충분합니다.

---

1 《도시는 무엇으로 사는가》 유현준 지음, 을유문화사, 2015
2 《화이트 래빗》 이사카 고타로 지음, 김은모 옮김, 현대문학, 2018

놓치지 않습니다,
매일 일기 쓰기!

책을 읽어야 일기를 더 잘 씁니다
: 고급편

자기 생각을 만들어준다

일기라는 자기 글을 쓰기 위해선 먼저 자기 생각이 필요합니다. 그렇다면 이런 의문이 들 수 있지요. '자기 생각을 만들려면 어떤 책을 읽어야 하지?' 이럴 때 떠올리는 책은 어려운 책입니다. 질문을 던지고 뭐가 옳은지 생각해 보게 만드는 그런 책 말입니다. 예를 들어 《누구를 구할 것인가?》 9~10쪽을 보면 다음과 같은 질문이 나옵니다.

다섯 명이 서 있는 선로에 열차가 들어오고 있고 그대로 두면 이 다섯 명은 열차에 치여 죽을 것이다. 그런데 당신은 선로를 바꿀 수 있는 레버 앞에 서 있다. 당신이 레버를 당겨 열차의 방향을 바꾸면 이 다섯 명을 살릴 수 있다. 하지만 바뀐 선로에도 한 명이 있어서 이 경우 그 사람이 죽게 된다. 당신은 레버를 당길 것인가 아니면 그대로 둘 것인가?

옥스퍼드대학 철학자 필리파 풋이 1967년 제기한 이 문제는 《정의란 무엇인가》를 비롯해서 옳고 그름을 논하는 여러 책에 등장합니다. 물론 그 과정에서 다양한 변주가 이루어지지요. 가령 이렇게 말입니다. 《정의란 무엇인가》 44쪽의 내용을 정리하면 다음과 같습니다.

열차가 들어오고 있는데 이 열차를 세울 방법은 무거운 물체를 떨어뜨려 열차를 세우는 것이다. 당신은 지금 육교 위에서 이 상황을 지켜보고 있고 마침 앞에는 엄청나게 뚱뚱한 사람이 서 있다면, 당신은 그를 밀 것인가?

어떻습니까? 첫 번째와 두 번째 모두 다른 사람을 희생시키는 것이지만 첫 번째 선택과 달리 두 번째 선택은 훨씬 더 나쁜 짓 같지요? 첫 번째가 단지 레버만 조종하는 것인데 반해 두 번째는 다른 사람을 미는, 우리가 아는 살인에 가까운 행동을 실제로 저지르기 때문이겠지요. 하지만 첫 번째 선택도 누군가를 죽이는 건 마찬가지 아닌가요? 자신이 그 희생자의 가족이라면 어떨까요? 2012년 실제로 이와 유사한 사건이 발생했

놓치지 않습니다,
매일 일기 쓰기!

을 때 살아남은 사람들은 당사자를 찬양한 반면, 희생자의 딸은 기관사가 유죄판결을 받아야 한다고 주장했답니다. 사람의 생명이 걸린 문제이니만큼 판단하는 게 결코 쉽지 않지요.

그러니 이런 질문들에 답을 하기 위해서는 생각을 좀 해야 합니다. 도덕 시간에 배운 내용들을 떠올려 보기도 하고, 혼자 하면 불안하니까 다른 친구들과 이야기를 해 보기도 하겠지요. 친구에게 설득을 당하기도 하고 또 반박하기도 하는 중에 옳고 그름에 대한 자기 기준이 만들어질 것입니다. 이런 걸 사람들은 '자기 생각'이라고 합니다. 그러니까 《정의란 무엇인가》 같은 책을 읽는 것은 자기 생각을 만드는 방법입니다. 문제는 이런 책들이 아주 재미있지는 않다는 점입니다. 지적인 호기심으로 충만한 분들이라면 위에 열거한 책들이 재미있을 수 있지만 보통 사람이야 어디 그런가요?

그래서 저는 소설을 추천합니다. 소설을 읽으면 재미와 더불어 자기 생각도 만들 수 있습니다.

다시 《화이트 래빗》으로

앞에서 말씀드린 것처럼 이 책은 한 남자—이제부터 A라 부를게요-가 기상천외한 인질극을 벌이는 이야기입니다. A는 원래 범죄조직의 하수인입니다. 그런데 범죄조직의 일을 봐주는 컨설턴트가 경리 아가씨를 꼬인 뒤 거액의 돈을 가져갑니다. 조직에선 당연히 그 컨설턴트를 찾으려 하겠지요? 그래서 조직에서 A의 부인을 납치한 뒤 부인을 살리고 싶으면 그 컨설턴트를 잡아다 대령시키라고 합니다. 자기 부하에게 이러는 게 좀 어이없지만 그 조직은 자기 식구고 뭐고가 없더라고요. 결국 A는 컨설턴트의 집으로 추정되는 곳에 들어가 그의 가족을 인질로 잡습니다.

문제는 그 집이 컨설턴트의 집이 아니라는 거예요. A가 전혀 엉뚱한 집에 들어간 것이지요. 그러거나 말거나 이왕 저질러진 일이니 A는 그 일을 계속 밀고 나갑니다. 경찰에게 전화해서 "당장 그 컨설턴트를 잡아와라. 그러면 인질을 풀어주겠다."라고 말한 것이지요.

경찰은 그의 말대로 '오리오오리오'(이하 오리오)라는 이름의 컨설턴트를 데려옵니다. 컨설턴트는 자기는 아무것도 모른다고, 왜 저 자가 자기를 데려오라는지 짐작 가는 바가 없다고 말하죠. 하지만 경찰이 보기에 오리오에게서는 범죄자들에게서 맡을 수 있는 구린 냄새가 납니다. 인질범인 A와도 관계가 있어 보입니다. 자, 이 상황에서 경찰은 어떻게 해야 할까요? 본

심이야 오리오를 집안에 들여보냄으로써 갇혀 있는 인질을 구하고 싶지만, 오리오는 그럴 마음이 없습니다.

오리오의 말입니다.

"그러니까 저더러 대신 인질이 돼서 공포에 떨라는 겁니까? 일반인인 제가 위험을 감수할 필요가 있을까요?"(128쪽)

이 와중에 범인이 배가 고프다며 오리오더러 삼각 김밥을 갖고 들어오라고 합니다. 경찰은 오리오에게 김밥이 든 봉지를 들려줍니다.

" (경찰)이걸 들고 가시면 됩니다."(143쪽)

" (오리오)이거 문제가 되지 않겠습니까? 일반 시민에게 이렇게 위험한 일을 시켰다면요. 인질로 잡힌 사람들이 저보다 더 가치 있다, 그런 말씀이십니까?"(같은쪽)

이 말을 들은 경찰은 이렇게 외칩니다. '넌 분명 일반인이 아닐 테니까!' 물론 마음속으로 그랬단 얘깁니다. 대신 경찰은 다음과 같이 말합니다.

"인질은 세 명이고 오리오 씨는 한 명, 교환 조건으로는 나쁘지 않죠."(같은쪽)

그리고는 이 말을 덧붙입니다.

"그야 농담입니다."(같은쪽)

과연 농담일까요? 또 다른 경찰은 이렇게 말합니다.

"인질들과 오리오를 교환하는 건 뭘 어떻게 봐도 나쁜 거래가 아니야. 해밖에 끼치지 않는 생쥐를 받는 대신 귀여운 고양이 가족을 돌려주는 셈이지."(146쪽)

하지만 경찰은 그렇게 할 수 없습니다. 왜일까요?

"나야 물론 그 제안을 받아들이고 싶지만…… 그런 짓을 했다가는 난리가 날 거야."(같은 쪽)

어떻습니까? 브레이크가 고장 난 열차를 상상하는 것보다 훨씬 더 재미있지 않습니까? 나라면 어떻게 할까를 생각하는 중에 자기 생각이 길러집니다. 참고로 《화이트 래빗》은 후반부로 갈수록 반전에 반전을 거듭하는 내용이 나오며 너무 기상천외해서 박수가 나옵니다. 제가 앞부분의 줄거리를 얘기했다고 "이 책은 안 읽어도 되겠다." 이러지 마시길 바랍니다.

《잊혀진 소년》을 봅시다

〈재심〉이라는 영화 혹시 기억하시나요? 소위 '약촌오거리 택시기사 살인사건'으로 인해 한 남성이 억울하게 범인으로 몰렸던 실화를 다룬 영화지요. 영화를 보면 경찰은 그가 범인이라는 확신 하에 시나리오를 짭니다. 그가 시나리오를 거부하면 무지막지한 폭행이 시작됩니다. 결국 그는 하지도 않은 범행을 시인하고 10년간 복역합니다. 여기에 한 변호사가 관심을 보이면서 '재심'이 이루어지고 그 남성이 억울함을 푼다는 내용이지요. 이 남성은 청춘을 감옥에서 보내면서 삶이 망가진 반면 여기에 책임이 있는 경찰과 검사, 그리고 판사는 아무런 처벌을 받지 않습니다. 국가가 주는 돈 얼마로 망가진 그의 인생을 되돌릴 수 있을까요?

꼭 이 사건만이 아니라 잘못도 안 했는데 억울하게 범인으로 몰려 감옥에 가는 사건은 꽤 있습니다. 이런 일이 되풀이되는 이유가 무엇일까요? 인간이란 원래 불완전한 존재라서? 경찰과 검찰, 그리고 판사의 업무가 과중해서?

이런 의문을 풀기 위해 우리는 책을 읽어야 합니다. 《형사소송법》 같은 법률 서적을 읽어야 할까요? 설마요. 검사와 판사 모두 법률 서적은 빠삭하게 읽었겠지만 그런 이상한 판결을 내리지 않습니까? 이럴 때 추천하는 책이 바로 《잊혀진 소년》입니다. 《범죄자》라는 걸출한 소설을 썼던 오타 아이가 두 번째로 쓴 소설입니다.

이 책에 나오는 A는 억울하게 범인으로 몰려 복역합니다. 그로 인해 자신뿐 아니라 자신의 가족들까지 모두 엄청난 비극을 겪어야 하는데요, 이 책은 그 원인을 검사의 기소독점주의에서 찾습니다. 범죄자의 형사재판을 위해서는 공소를 제기(기소)해야 하는데 오직 검사만이 기소할 수 있다는 뜻입니다. 이게 부당한 판결과 도대체 어떤 관계가 있을까요?

이 사람을 기소할지 말지를 검찰만 할 수 있는 상황에서 피의자가 무죄로 풀려나는 건 검찰에게 곧 패배를 의미합니다. 그러니까 기소한 이들로부터 유죄판결을 많이 받아내야 훌륭한 검사가 되겠지요. 즉 검찰에겐 무리한 수사를 할 동기가 있습니다. 경찰도 마찬가지입니다. 범인을 왜 못 잡느냐고 눈총을 받는 것보단 빨리 범인을 잡고 포상을 받는 게 더 낫지요. 《잊혀진 소년》의 A가 감옥에 간 건 그 때문입니다. 이 과정에서 강압적인 수사와 더불어 거짓말, 증거 조작, 목격자 숨기기 등 갖은 방법이 동원됐지요.

이 책의 배경은 이웃 일본입니다만 우리나라도 일본처럼 기소독점주의가 시행되고 있습니다. 위에서 말한 것처럼 억울한 범인을 만들 수 있다는 것도 이 제도의 폐해지만 또 다른 폐단도 있습니다.

검찰의 가장 큰 힘이 뭔지 아십니까? 얼핏 생각하기엔 미운 사람을 잡아들이는 힘 같지만 요즘 세상엔 그게 어렵습니다. 맥락도 없이 누군가를 잡아들이면 탈이 난다는 뜻입니다. 정답은, 봐줄 수 있는 능력입니다. 경찰이 열심히 수사를 해서 누군가를 범인으로 특정했을 때 검찰이 기소를 안 해 버리면 끝입니다. 죄를 저질러도 처벌을 안 받을 수 있게 하는 이 능력이야말로 검찰이 가진 힘이죠. 아무튼 이 책을 읽고 나면 기소독점주의의 폐단이 무엇인지에 대해 나름의 의견을 가질 수 있을 겁니다.

이렇듯 소설은 독자로 하여금 많은 고민을 하게 함으로써 자기 생각을 만들어 줍니다. 그럼에도 사람들은 '소설 읽을 시간이 어디 있냐?'라는 식으로 얘기를 하지요. 한 가지 확실한 것은 소설을 읽지 않는 분들은 일기를 평소 잘 쓰지 않는 분들일 것이며 행여 쓰더라도 멋진 일기는 쓰지 못한다는 것이지요. 일기를 잘 쓰려면 소설을 읽읍시다.

일기로
맞춤법을 잡습니다

전설의 맞춤법 오류들

사례 1

A 야, 돈 언제 갚을 거야?

B 어, 지금 줄게. 괴자번호가 머야?

A ㅋㅋㅋ

B ?? 괴자번호 부르라니깐.

사례 2

A 병원에 입원했다며? 어떻해?

B 응응 ㅠㅠ

A 버스사고라며? 완전 어의없다.

B 응응 ㅠㅠ

A 얼른 낳아.

구글에 나오는 전설적인 맞춤법 오류입니다. 꾸며낸 가능성도 없진 않지만 여기선 그냥 이게 진짜라고 믿어 줍시다. 이런 사례들을 보면서 우리는 웃습니다. '아니, 어떻게 저런 걸 틀릴 수가 있지?' 하지만 제가 경험한 바에 따르면 맞춤법을 틀리는 분들은 의외로 많습니다. 몇 개만 더 보겠습니다.

들*: 그 서민? 제수없어.

기대해 부흥해 주는구나

사업수환이 대단하다

다 한통석… 짜고 치는데

박영수 특검 고향새탁

다음과 같은 사례도 있습니다.

A 맞춤법도모르는xx팬
  ↳ 띠어쓰기나 해라
    ↳ 띠어쓰기가 아니라 뛰어쓰기임… 제발 알고 좀.
      ↳ 뛰어쓰기 잼 ㅋㅋㅋ

맞춤법 오류의 폐해

물론 맞춤법이 틀렸다고 해서 의사소통이 안 되는 건 아닙니다. 게다가 일기 쓰기가 국어시험 보는 것도 아닌데 혼자 쓰는 일기에서 그깟 맞춤법이 뭐 그리 중요하냐고 생각할 수도 있지요. 하지만 맞춤법을 모르면 겪어야 하는 가장 큰 단점은 '없어 보인다'는 것입니다. 카톡이 왔는데 '월래 그래'라고 쓰여 있다면 우리가 그 사람을 그 전과 똑같이 대할 수 있을까요? 감기에 걸린 어느 분이 '빨리 낳아'라고 카톡 메시지를 보낸 분에게 '두통이 심해진다'라고 답한 걸 보십시오.[1]

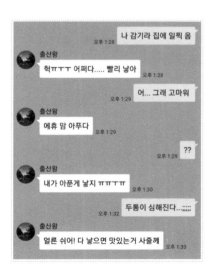

모르는 사람이 쓴 글이라고 해도 마찬가지입니다. 우리가 다른 사람의 글을 읽는 목적은 뭔가를 배우기 위함인데 기본적인 맞춤법을 틀려버리면 이런 생각을 하게 됩니다. '이런 것도 모르는 사람한테 도대체 뭘 배워?' 그러다 보니 이런 일이 벌어집니다.

> 글쎄... 다저스가 잘한 건 사실이지만 샌프의 삽질의 영향도 간과해선 안되지.

↳ '글쎄'에서 거르게 됨.

> 정유라는 부정축재한 돈으로 호화호식하는데...

↳ '호의호식'이 생각나는 건 나만이 아닐 것.

뭔가 느껴지십니까? 대충 이해하고 넘어가는 사람이 있는 반면, 맞춤법 오류를 지적하는 사람도 있지요. 아무리 좋은 옷을 입어도 양말에 큰 구멍이 나면 사람들 시선이 그쪽으로 가게 마련이니까요. 그러다 보면 글을 쓴 취지는 어디론가 사라지고 맞춤법에 대한 비웃음만 남게 됩니다. 한 분이 이런 글을 썼습니다.

> 한국이 군사자주국가인 줄 아냐? 소파협정만 봐도 한국은 그냥 중국견제용 미국의 속국이야. 일본에도 주한미군 있지만 소파 내용상 미국은 한국을 그냥 쪼다나라로 보고 있다고 보면 된다.

원래 이 분의 의도는 우리나라의 군사주권이 미국에게 있고 미국이 한국을 우습게 여긴다는 말을 하려는 것이겠지요. 하지만 '일본에 주한미군이 있다'는 말 때문에 댓글은 산으로 가버립니다.

↳일본에 주한미군이 있어?
↳주한미군 잼 ㅋㅋㅋ
↳주한미군은 전 세계에 다 있겠네
↳누가 쪼다인지

어느 분이 영화 <xx봉>에 대해 글을 썼습니다. 주인공의 친동생이 어떤 일로 물의를 빚었는데 영화에 나온 게 불편하다는 내용이지요. 그렇게 생각할 수도 있습니다만 그는 그만 치명적인 실수를 저지릅니다.

자기 동생이 사고를 친 게 잉크도 마르지 않았는데 덜컥 영화를 찍다니, 성숙한 행동이 아니다. xxx는 좀 더 공복기간을 가졌어야 마땅하다.

원래대로라면 '동생이 한 일을 형이나 누나가 책임져야 하느냐'를 놓고 생산적인 논쟁이 오갈 수 있었겠지만 난데없는 '공복기간'으로 인해 댓글은 여기서 멈춰 버립니다. "xxx가 살쪘냐? 왜 밥을 굶어?"같은 댓글들만 난무했답니다. 다음 댓글은 어떨까요?

국민은 바보가 아니다. 새월호가 외침몰했는지 다알 고있다. 정부는 감츠지말고 진실을 공게하라. 대통령도 더 이상 숨우려하지 말고 공게사과하라.

맞습니다. 국민은 바보가 아닙니다. 그래서 옛 성현들은 국민의 뜻이 하늘의 뜻이라고 했지 않습니까? 그런데 국민의 목소리를 대변하는 위 댓글을 보면서 정치 지도자들이 '국민은 바보가 맞구나'라고 오해할까 걱정이 됩니다.

맞춤법의 오류가 안타까운 또 다른 이유는 자신의 미래에 부정적인 영향을 끼칠 수도 있기 때문입니다.

알바몬이 조사한 바에 따르면 여대생 10명 중 9명은 맞춤법을 틀리는 남성에게 실망한다고 했다. 남성 역시 10명 중 8명은 맞춤법을 틀리는 여성에 대한 호감이 줄어든다고 답했다. 취업을 준비하는 20대라면 맞춤법은 더 중요하다. 기본적인 맞춤법이 틀린 이력서나 자기소개서를 기업의 인사담당자들이 좋은 시선으로 바라볼리가 없기 때문이다.[2]

왜 맞춤법을 틀릴까

초등학교 때 우리는 웬만한 맞춤법을 다 배웁니다. 받아쓰기 시험을 보기라도 하면 세상에서 맞춤법이 가장 중요하구나, 하는 생각을 하지요. 이 마음은 최소한 국어를 배우는 고등학교 때까지는 유지됩니다. 대학에 가고 더 이상 국어 수업을 받지 않게 되면서 우리는 서서히 맞춤법과 멀어집니다. 자주 안 쓰는 비밀번호를 기억 못 하는 것처럼 맞춤법에 신경을 덜 쓰다 보면 뭐가 맞는지 헷갈리게 되지요.

우리나라 맞춤법이 어려운 것도 이유가 됩니다. 발음이랑 실제 단어 사이에 약간의 괴리가 있는 데다 '아니 이게 이거였어?'라고 놀라는 것들이 꽤 많으니까요.

저는 꽤 오랫동안 '내일 뵈요'라고 썼는데 글쎄 이게 '봬요' 더라고요. '오늘은 왠지'는 맞지만 '왠일이야?'는 틀리고 '웬일 이야'가 맞습니다. '되/돼'와 '안 하고(O)'와 '않 하고(X)'는 쓸 때 마다 헷갈립니다. 그밖에도 다음과 같은 것들이 자주 헷갈립 니다.

(X)	(O)
오랫만에	오랜만에
금새	금세
김치찌게	김치찌개
곰곰히	곰곰이
국기계양대	국기게양대
지금 몇 시에요	지금 몇 시예요
가방을 매다	가방을 메다

이걸 보면서 '아, 나도 모르고 있었네?'라고 생각하신 분들이 계실 겁니다. 우리나라 맞춤법은 그만큼 어렵습니다.

하지만 맞춤법을 틀리는 더 큰 원인은 인터넷과 SNS입니다. 특히 SNS에 올라오는 수많은 글과 댓글을 보면서 사람들은 자 신도 모르게 세뇌가 됩니다. '어이없다'를 '어의없다', '이게 더 낫다'를 '이게 더 낳다'로 쓴 글을 자주 보다 보면 그게 맞는 단어인 줄 알게 된다는 겁니다. 멀리 갈 것 없이 저도 그런 적이 있습니다.

제가 이전에 낸 책 《여혐, 여자가 뭘 어쨌다고》[3]를 보면 다음과 같은 대목이 나옵니다.

> 네이버댓글러: 피해자 이름 공개하세요. 엄한 한국 남자 피해 주지 말고.
> 네이버가 이 아이디를 가진 이의 실명을 공개했으면 좋겠다. 엄한 한국 남자 피해 주지 않도록.(165쪽)

댓글을 인용한 뒤 거기에 대한 코멘트를 달았는데 뭐가 틀렸는지 혹시 알아채셨나요? '전혀 관계없는 엉뚱한'이란 뜻을 가진 단어는 '애먼'입니다. 그런데 이걸 '엄한'으로 잘못 쓰고 있습니다. 댓글 쓴 분은 물론, 저도 그랬습니다. 마음 같아선 '위 댓글의 맞춤법 오류를 지적하기 위한 반어법이다'라고 우기고 싶지만 전 진짜 몰랐습니다. 이유인 즉슨 하도 많은 글에서 '엄한'이 쓰이다 보니 '아, 이게 표준어인가 보다'라고 생각했지 뭡니까? 그러니까 이게 다 인터넷 때문이란 겁니다. 지금 고등학생들이 과거와 달리 맞춤법을 잘 모르는 것도 인터넷이 아니면 설명되지 않습니다.

당신의 품격을 올려주는 맞춤법, 일기로 잡자

이걸 극복하기 위해서는 어떻게 해야 할까요? 책을 읽는 것도 한 방법입니다. 저자도 책을 쓸 때 맞춤법에 신경을 쓰는데다 맞춤법에 능통한 편집자가 꼼꼼하게 교정을 봐주니 오류에서 비교적 자유롭지요. 사람들이 맞춤법을 헷갈리게 된 건 인터넷 시대가 온 탓도 있지만 책이 잘 읽히지 않는 시대가 온 것도 중요한 이유입니다. 물론 책이라고 해서 늘 완벽한 건 아닙니다. 예컨대 저는 다음 문장의 마지막 단어에서 고개를 갸웃거립니다.

xx는 일단 최xx가 흔들고 있는 종이를 나꿔챘다.

저는 원래 '낚아챘다'로 알고 있었지만 책이 틀릴 리가 있습니까? 전 이것도 모른 채 오랜 세월을 살아온 스스로를 책망했지요. 그런데 혹시나 해서 맞춤법을 찾아보니 제가 맞더군요! 하지만 이건 워낙 특수한 경우일 뿐 대부분 책이 맞습니다. 그러니 책을 '꼼꼼이(X)'가 아니라 '꼼꼼히(O)' 읽으면 맞춤법을 틀리지 않을 수 있지요.

그런데 책 읽는 것보다 훨씬 더 좋은 방법이 있습니다. 그게 뭔지 다 눈치 채셨지요? 바로 글을 쓰는 것입니다. 자기가 직접 글을 쓰면서 해당 단어와 마주하고 어느 게 맞는지 고민하는 과정에서 맞춤법을 익히게 됩니다. 이 일을 매일같이 한다면 누구나 맞춤법의 대가가 될 수 있겠지요. 일기야말로 맞춤법을 아는 가장 좋은 방법인 건 이 때문입니다. 여기엔 조건이 있습니다. 이 단어가 맞는지 끊임없이 회의하고 물어봐야겠지요. 누구한테요? 인터넷한테 말입니다.

앞에서 제가 인터넷을 악의 온상인 것처럼 몰아붙였지만, 인터넷도 잘 쓰면 좋은 도구가 될 수 있어요. 맞춤법을 고민하는 이가 한둘이 아니니 헷갈리는 단어만 검색해도 어느 게 맞는지 친절하게 알려주는 글 또한 한둘이 아니지요. 저처럼 한글 파일에 일기를 작성한 뒤 나중에 인터넷으로 옮기는 것도 괜찮은 방법입니다. 맞춤법이 틀리면 붉은 색으로 밑줄이 그어지니 '아, 이게 아니구나'라고 금방 알 수 있어요.

하지만 한글이라 해도 다음과 같은 건 잡아주지 않습니다.

'나한테 일해라 절해라 하지 마라.'

원래는 '이래라 저래라'가 맞지만 '일해라' '절해라'라는 단어도 실제 있기 때문에 한글 프로그램이 오류라는 걸 모릅니다. 그러니 역시 헷갈리면 인터넷을 찾아보는 게 좋겠지요?

일기 쓰고, 맞춤법 잡으세요. 맞춤법은 당신의 품격을 지켜줍니다.

---

1 이데일리, 스냅타임, **애인 도망가는 맞춤법** '그만 좀 낳아라' 기사입력 2018-06-02 08:05 최종 수정 2018-07-20

2 이데일리, 스냅타임, **애인 도망가는 맞춤법** '사랑, 들어낼까 드러낼까' 기사입력 2018-06-13 08:03 최종 수정 2018-07-20

3 《여혐, 여자가 뭘 어쨌다고》 서민 지음, 다시봄, 2017

사회적 이슈도
일기로 접근합니다

일기는 개인적인 얘기만 써야 할까

"지금이 방학인데 놀러간 적이 별로 없고 또 오늘은 방학 숙제한다고 집에 처박혀 있고. 일상도 계속 반복되고 특별한 일도 없어서 일기 쓸 게 없어요. 어떻게 써야 하나요?"

한 초등학생이 인터넷에 올린 투정입니다. 소재가 없다는 생각은 비단 이분만의 것은 아닙니다. HELLIUM이란 분도 다음과 같은 고민을 합니다.

매일 일기를 쓰다 보니 결국 일기에도 '소재'라는 것이 필요하다는 것을 절실하게 느끼기 시작했다…… 매일 똑같은 일이 반복되다 보니 소재가 떨어져 버리는 것이다…… 소소한 것에서 재미를 찾고 일상 속에서 특별함을 찾는다고는 하지만, 그것도 하루 이틀이다. 길 가다가 우연히 본 노을이 몇 번은 예쁠지 몰라도 몇십 번 보는 내내 예쁘지는 않다.

이분의 고민은 계속됩니다. 직장이나 지하철에서 겪은 일을 쓰고 싶지만 누군가 자기 얘기인 걸 알아챌까 두려워 쓰지 못하겠답니다. 저도 이런 일을 경험한 적이 있지요. 공부와 담을 쌓은 지도 학생 얘기를 제 블로그에 썼는데 그가 당장 글을 내려달라고 항의를 했거든요.

지인 얘기는 당사자가 볼까 두렵고 개인적인 얘기를 쓰려니 특별한 일이 없고, 참 난감하지요? 이럴 때 쓸 수 있는 게 사회적 이슈입니다. 평소 이런 것에 대해 생각해본 적이 없다고요? 그것 참 잘된 일입니다. 원래 사람은 글을 쓰면서 자기 생각을 정리하거든요. 무슨 말인지 설명해 드릴게요.

신문에 칼럼을 쓸 때 전 '이렇게 써야지'라는 생각을 가지고 글쓰기를 시작하긴 합니다. 그런데 글의 끝맺음이 늘 마음먹은 대로 가지 않아요. 예컨대 제가 개고기에 대한 글을 썼어요. 찬성하시는 분도 계시겠지만 전 개고기 반대파거든요. 그래서 제가 왜 반대하는지를 쓰고 맨 마지막에 개고기 먹는 분들에게 굵직하게 한 마디 던지면서 글을 마칠 생각이었어요.

그런데 말입니다, 글을 쓰면서 개고기 관련 기사를 검색해보니 이런 댓글이 굉장히 많더라고요.

'나는 개고기를 먹지 않지만 개고기 먹는 사람의 자유를 빼앗는 것은 반대한다.'

실제로 주위에 보면 개고기 먹는 사람이 별로 없거든요. 그럼에도 여론조사를 하면 늘 개고기 찬성이 51.5%, 반대가 39.7%로 찬성이 더 높게 나옵니다. 글을 쓰다 말고 생각을 했지요. '당사자도 아닌데 이들은 왜 개고기 사수에 열을 올릴까'에 대해서요. 그랬더니 이분들이 개를 싫어한다는 데 생각이 미치더군요. 결국 그 글의 마지막은 이렇게 됐어요.

그들은 자신들이 개고기를 먹어서가 아니라 개에 대한, 그리고 개 주인들에 대한 자신들의 증오심을 그런 식으로 표현하는 것일 게다. 개고기에 대해 반대의 목소리를 지속적으로 내는 것도 필요하지만 개 주인들이 개를 기를 때 지녀야 할 기본적인 예절을 잘 지켜야 하는 건 이 때문이다. 우리 개라고 무조건 감싸기보단 우리 개가 다른 이에게 피해를 끼치는지 노심초사하지 않는 한, 개고기는 없어지지 않을 것이다.

놓치지 않습니다,
매일 일기 쓰기!

글을 써야 자신이 무슨 생각을 하는지 안다

신기하지 않습니까? 개고기를 반대하는 글을 쓰려고 했는데 난데없이 개 주인들이 에티켓을 잘 지켜야 한다고 결론을 내는 것이 말입니다. 이건 글을 쓰면서 해당 이슈에 대해 생각해보고, 또 이것저것 자료를 찾는 과정에서 자신의 생각이 만들어지기 때문입니다. 그렇게 내려진 결론이 원래 했던 생각과 다를 수 있는 건 오히려 당연한 일입니다. 글 쓰는 사람들은 이런 걸 가리켜 '글에는 자기 나름의 생명력이 있다'고 말합니다.

소설도 마찬가지입니다. 작가가 소설을 쓸 때 원래 생각했던 것과 다른 결말을 내는 경우가 꽤 있답니다. 왜일까요? 작가가 만들어낸 등장인물들이 나름의 생명력을 갖고 있기 때문이랍니다. 이러이러한 성격을 가졌다면 도저히 저러저러한 결말을 맞을 리가 없다는 걸 작가가 글을 쓰면서 알아채거든요. 그래서 이렇게 말할 수 있습니다. '글을 써보기 전까지는 자신의 생각을 알 수 없다'고요.

그렇다면 무슨 이슈가 좋을까요? 요즘 포털들은 사람들이 많이 본 뉴스를 가장 눈에 띄는 곳에 배치합니다. 이것들 중 하나를 가지고 일기를 써보면 어떨까요? 많이 본 뉴스는 주제가 어렵지 않고 사람들의 관심도가 높은 것들이기 때문에 소재로 삼기에 아주 좋지요. 그래도 일기에는 개인적인 경험을 써야 한다고 생각하신다면 그와 연관된 자신의 경험을 덧붙이면 되겠지요.

최근 화제가 된 이슈들을 한번 볼까요. '폭염'이나 '노키즈존', 개인적인 일을 보는 데 119를 부르는 낯 두꺼운 사람들 이야기, 교사들의 방학에 관한 이야기 등이 나와 있네요. 이 중 교사의 방학에 관해 쓰기로 해 보죠.

관련 기사 첫머리엔 교사 방학을 없애자는 분의 의견이 나옵니다. 그 학부모는 담임선생님이 카톡의 프로필 사진을 멋진 휴양지 사진으로 바꾼 것을 문제 삼습니다. 아이들은 방학 중에도 더위에 아랑곳 않고 학원과 독서실로 공부하러 다니느라 쉴 틈도 없는데 굳이 그렇게 여행 가는 티를 내느냐면서요. 이 주장에 대해서 써도 하루 일기로는 충분할 것 같지요? 한번 써볼까요.

◆ 일기 예 21) 카톡 프사는 개인의 자유

(위 주장을 인용한 뒤) 카톡 '프사(프로필 사진)'를 뭘로 하든, 그건 개인의 자유다. 그리고 프사가 휴양지라 해서 그 교사가 방학이 되자마자 그곳으로 여행을 간다는 건 명백한 착각이다. 안젤리나 졸리 사진을 올려놓는 게 졸리에게 대시하겠다

는 뜻은 아니지 않은가? 설사 그가 정말 그곳으로 간다고 해도 그걸 비난할 수는 없다. 학기 중엔 연가조차 쓰기 힘든 게 교사인데 수업에 지장이 없는 방학을 이용해서 자기 꿈을 펼치는 게 왜 나쁜가? 해당 학부모는 자기 아이의 고생과 교사의 여행을 대비시키지만 이것 또한 번지수가 틀렸다. 그게 부러우면 자신도 아이와 함께 시원한 계곡으로 가면 되는 것이지, 내 자식이 못 논다고 다른 사람도 다 놀면 안 돼, 라고 우기는 건 자신의 좁은 소견머리를 만천하에 드러내는 것밖에 안 된다.

여기에 개인의 경험을 살짝 덧붙여 보죠. 교사를 만나보지 못한 사람은 없으니 그리 어려운 일이 아닙니다.

◆ 일기 예 22) 직장인들에게도 방학을 허하라

초중고 시절, 많은 교사를 만났다. 그 중 마땅치 않은 교사가 없는 건 아니었지만 대부분은 어떻게 하면 우리를 잘 가르칠까를 고민하는, 사명감에 찬 교사들이었다. 내가 이렇게 일기를 쓰며 자신을 돌아볼 수 있게 된 것도 그분들의 가르침 덕분이다. 세상에서 제일 어려운 일이 사람을 상대하는 일이라고 한다. 선생님들은 인격 형성의 과정에 있는 아이들을 상대하며 자기 자식을 위해서라면 어떤 것도 불사하겠다는 학부모들까지 만나야 한다. 그러니 선생님들에게 방학은 휴식이 아닌, 치유의 시간이다. 그 시간마저 빼앗겠다는 건 좀 너무한 처사가 아닐까?

이참에 우리 사회가 나아가야 할 방향이 무엇인지도 좀 따져봐야 한다. 네덜란드 역사학자 요한 하위징어는 "고대 사람들은 모든 인간의 행위를 '놀이'로 부르며 그것을 지혜로 여겼다."면서 인간의 궁극적 미래를 호모 루덴스, 즉 놀이하는 인간에서 찾았다. 그의 말이 맞는다면 인간은 적당히 놀 줄도 알아야 하건만, 우리 사회는 놀이를 퇴폐적인 것으로 치부하며 남이 노는 꼴을 안 보려 한다.

교사의 방학을 허하라. 우리 직장인들에게도 방학을 좀 주라. 일주 남짓한 여름휴가로는 재충전은커녕 있는 기력도 다 빼앗긴다.

'인용'의 힘

어떻습니까? 사회적 이슈에 대해 쓰니까 좀 있어 보이지 않습니까? 저 글이 더 멋져 보이는 이유는 글 말미에 요한 하위징어의 말을 인용했기 때문입니다. 그리 대중적인 학자는 아닌데요, 인용하려면 이런 분을 인용해야 합니다. 그를 아는 사람은 글쓴이가 이 학자를 안다는 사실에 감동하고 모르는 사람은 '아니, 내가 모르는 사람인 것으로 보아 대단한 학자인 모양이군'이라고 생각하기 때문입니다. 한 가지 주의할 점은 너무 유명한 사람의 말은 인용 안 하느니만 못하다는 것입니다. 이렇게 썼다면 어떨까요?

"파스칼은 인간이 생각하는 갈대라고 했다. 저 카톡을 쓴 사람은 갈대만도 못하다."

이 한 줄로 인해 위에 쓴 글까지 도매급으로 넘어가는 느낌이지요? 중학생도 아는 파스칼을 뭐하러 인용합니까? 그렇다고 해서 너무 유명하지 않아 검색에도 안 나오는 사람의 말을 인용해서도 안 됩니다.

"'직장인은 방학하고 싶다. 왜? 피곤하니까.' 옆집 아저씨가 나만 보면 입버릇처럼 하는 말이다."

왠지 맥이 탁 풀리지 않습니까? 우리가 유명한 사람의 말을 인용하는 이유는 그 권위에 기대어 자신의 글을 더 힘 있게 만들기 위함입니다. 사회적 이슈에 대해서 글을 쓸 때는 인용이 특히 더 중요한데요, 나 혼자만 이런 주장을 하는 게 아니라 이렇게 이름 있는 학자도 내 주장을 지지하잖아, 라고 하면 더 설득력이 있지 않겠습니까?

그래서 책을 읽어야 합니다. 책을 읽다가 마음에 드는 구절이 있으면 노트에 적어놓고 나중에 컴퓨터 파일로 저장해 놓으세요. 그래야 필요할 때 써먹을 수 있습니다. 책에다 표시만 해놓아서는 "그게 뭐였더라?"라며 발만 동동 구르게 되거든요.

참고로 요한 하위징어는 《호모 루덴스》라는 책의 저자입니다. 제가 이 책을 읽었을까요? 사실 저도 안 읽었습니다. 그럼에도 인용이 가능했던 건 진중권 교수의 책을 읽다 '호모 루덴스'란 말을 알게 됐거든요.

말이 나온 김에 부끄러운 과거 하나를 밝히겠습니다. 제가 책을 잘 안 읽던 시절, 말도 안 되는 인용을 하곤 했어요. 이런 식입니다.

"'교사의 방학은 학생을 위해 더 필요하다.' 알버트 푸홀스."

사실 푸홀스는 미국에서 뛰는 야구선수입니다. 물론 저런 말을 하지도 않았고요. 하지만 푸홀스를 남들이 잘 모른다는 것에 착안해 글에다 저런 걸 썼지요. 한두 번은 통할지 모르지만 한 번 걸리고 나면 제가 쓰는 모든 글을 사람들이 거짓으로 보는 폐단이 있으니 절대 쓰지 말아야 합니다.

이렇게 사회적 이슈에 대해 글을 쓰다 보면 자기 생각을 알게 됩니다. 이런 일을 계속 반복한다면 남들 생각에 좌우되지 않고 자기만의 판단을 내릴 수 있어요. 우리가 기사를 보고 난 뒤 그 아래 달린 댓글을 보는 이유가 뭔지 아십니까? 자기 판단에 확신이 없어서예요. 내가 생각한 게 틀릴 수도 있다는 불안감이 댓글을 보는 이유라는 것이죠. 그게 얼마나 심각한지 잠시 말씀드릴게요.

어느 분이 CCTV에 비친 A 교수의 동영상을 올립니다. 여기에 대한 댓글을 보시죠.

첫 번째 이거 아주 쓰레기구먼.

2번째 저런 사람이 교수를 하고 있다니, 그 학교도 알 만하네.

3번째 인간이 아닌 것 같아.

   ⋮

11번째 내가 보기엔 A가 그다지 잘못한 것 같지 않은데? 상대방
 이 먼저 잘못했구먼.

12번째 그러게 말이야. 왜 다들 A를 못 까서 안달이지? 나라도
 저랬을 것 같은데.

뭐가 잘못된 건지 혹시 아시겠나요? 2번째, 3번째 댓글은 첫 번째 댓글에 영향을 받은 거예요. 아, 저건 비판하는 게 맞구나. 그 뒤로 쭉 그런 댓글이 이어지다가 11번째 댓글이 반격을

합니다. 그러고 나면 A의 행동이 뭐가 잘못됐을까, 라며 불편해하던 사람들이 댓글을 답니다.

그런데 왜 진작 그렇게 말하지 않았을까요? 나 혼자만 그런 생각을 했을까 봐 불안해서입니다. 생각이야 다 자기 하기 나름인데 참 이상하지요? 하지만 평소 독서와 일기 쓰기를 통해 자기를 단련해온 사람이라면 남이 무슨 생각을 하건 자기 소신껏 의견을 낼 수 있어요. 저 11번째 댓글을 단 사람처럼요. 남이 다 아니라고 할 때 혼자 맞다고 할 수 있는 사람, 멋지지 않나요?

중요한 건 남과 다른 게 아닙니다. 왜 저게 맞는지 그 근거를 설명할 수 있어야 합니다. "상대방이 먼저 잘못했구먼."처럼 말입니다. 그러니 여러분, 멋진 사람이 되기 위해서 일기를 씁시다. 가끔은 사회적 이슈에 대해서도요.

놓치지 않습니다,
매일 일기 쓰기!

여행일기 쓰기에
도전합니다

천편일률적인 여행일기라고?

살면서 가장 특별한 일은 어디론가 여행을 가는 것이죠. 늘 똑같은 일상에서 탈출해서 다시 보기 힘든 광경과 마주하는 경험, 이게 바로 여행 아니겠습니까? 여행을 갔을 때 그날 겪은 일들을 정리하는 건 그때의 아름다운 느낌을 평생 간직하고픈 욕망의 발로겠지요. 물론 다른 이에게 '나 여기 다녀왔다' 라고 자랑하고픈 마음도 있을 겁니다. 그래서 많은 이들이 여행일기를 씁니다. 다녀와서 한꺼번에 쓰는 사람도 있지만 여행일기는 원칙적으로는 매일매일 써야 합니다. 그래야만 여행에서 느낀 감정을 보다 생생히 기록할 수 있으니까요.

하지만 블로그에 올라온 여행일기를 여러 개 읽어보면 재미있는 게 별로 없습니다. 글 쓴 분의 말로는 '너무 재미있었다' 라는데 안타깝게도 글이 그 재미를 읽는 이에게 전달하지 못

한다는 얘기입니다. 왜일까요?

1) 사진이 너무 많은 여행일기

블로그에 여행일기를 올리는 경우, 포스팅의 대부분을 사진이 차지합니다. '좋은 글이란 상상하게 하는 글'인데 글과 달리 사진은 상상하게 하지 못하며 아주 엄청난 풍경이 아닌 한 '여기 가보고 싶다'는 생각을 들게 하지 못합니다. 게다가 그 사진보다 훨씬 좋은 사진을 구글에서 얼마든지 찾을 수 있는데 굳이 그 블로그의 여행일기를 읽을 이유가 있을까요?

사진이 전체 포스팅의 50%를 넘는다면 전 그걸 여행일기라고 부르기보단 '사진첩'이라고 부르렵니다. 불행한 일이지만 대부분의 여행일기는 사진첩이고 같은 곳에 갔다면 대개 비슷한 사진첩이 양산되지요.

2) 스케줄만 나열한 여행일기

'아침은 뭘 먹고 점심엔 뭘 먹었으며 중간에 본 것은 무엇 무엇이다. 어디 쇼핑센터에 가서 뭘 샀다. 저녁은 이 나라 전통음식인 자장면을 먹었다.'

이런 여행일기는 스케줄 기록표일뿐 정말 재미없습니다. 타인에겐 그렇지만 나중에 자기가 보면 추억이 되지 않을까 싶다고요? 절대 그렇지 않습니다. 스케줄 기록표는 자신에게도 재미가 없으며 다시 보게 되는 일은 매우 드뭅니다. 딱 하나 좋은 점은 억울한 일을 당했을 때 알리바이가 된다는 것이지만. 이 목적이라면 굳이 여행일기를 쓸 필요가 없습니다. 스케줄은 휴대폰의 스케줄 난에 쓰는 게 더 나으니까요.

3) 관광가이드북 같은 여행일기

'여기서 저기까지는 택시를 타고 가는 게 좋고요. W호텔은 생각만큼 시끌벅적하지 않고 적당히 발랄한 분위기라 만족스러웠어요. 수영장도 사람들이 많지 않아 여유롭게 수영을 할 수 있었습니다. 다만 조식이 기대에 못 미쳐 아쉬웠네요. W호텔 가는 분들, 생각해 보세요.'

이런 여행일기는 다음에 그곳에 갈 사람에겐 분명 도움이 됩니다. 하지만 우리가 여행일기를 쓰는 이유가 뭔가요? 자신의 추억을 오래 간직하고 싶어서가 아닌가요? 그리고 그 추억이 다른 이에게 영감을 줘서 같은 곳으로 여행을 떠나게 만들면 금상첨화겠지요? 하지만 관광가이드북을 표방한 여행기는 이 둘 중 어느 것도 만족시키지 못합니다. 세간에선 이런 글을 '여행일기'라 하지 않고 '여행정보지'라고 한답니다.

마크 트웨인이 본 피라미드

그럼 여행일기는 어떻게 써야 할까요? 일단 너무 뻔한 건 쓰지 맙시다. 이집트에 가서 피라미드를 보고 나서 "5000년도 더전에 이러한 건축물들을 지을 수 있었던 고대 이집트인에게 새삼 감탄했습니다."라고 절대로 쓰지 맙시다. 우리가 그 먼 곳까지 여행을 가는 이유가 고대 이집트인 덕분이라는 걸 모르는 사람이 있을까요? 피라미드가 엄청 크고 웅장했느니, 하는 얘기도 사족입니다. 크고 웅장하지 않았다면 구태여 거기까지 가서 봤겠습니까? 그 대신 안 가본 사람도 상상할 수 있게 자신이 경험한 피라미드를 설명해 봅시다. 여기서 다시 대작가인 마크 트웨인을 소환해 보겠습니다.

트웨인이 살던 19세기 카이로에는 관광객을 피라미드 정상까지 데려다 주겠다면서 돈을 요구하는 어중이떠중이들이 많았다고 합니다. 피라미드가 워낙 높다 보니 그들의 도움을 받아야 정상에 오를 수 있었거든요. 그러다 보니 그의 피라미드 여행기는 피라미드에 올라가는 힘든 여정과 더불어 이들에 대한 불만이 드러나 있습니다.

식탁 높이의 계단. 매우 많은 층. 우리의 팔을 잡고서 한 계단씩

위로 튀어가 우리를 잡아당기면서 매번 우리의 다리를 가슴 높이까지 빨리 들어 올려서 우리가 거의 기절할 때까지 들고 있으라고 강요하는 아랍인들. 피라미드를 오르는 일이 기분 좋거나 상쾌한 것이 아니라 몸을 찢고 근육을 긴장시키며 뼈를 비틀고 정신적으로나 육체적으로 완벽하게 고문하는 것이라고 누가 말하지 않겠는가? 나는 시종들에게 더 이상 내 관절을 조각조각 비틀지말라고 애원했다. 나는 되풀이해 말하고 반복하고 심지어 꼭대기까지 가는 것에 있어서 다른 사람을 이기고 싶지 않다며 그들에게 소리를 질러댔다……. 그들은 팁을 요구하면서 10분 동안 나를 쉬게 하고서는 미친 듯이 피라미드 오르기를 계속한다. 그들은 다른 일행을 이기고 싶어 한다……. 그들은 언젠가 지옥에 떨어질 것이다. 이 사람들은 결코 회개하지 않는다. 이들은 자기들의 이교를 결코 버리지 않는다. 이런 생각으로 평온해지고 기뻐져서 나는 정상에서 절뚝거리며 지친 채 잠잠히 있었지만 행복했다. 너무나 행복하고 평온했다.《마크 트웨인 여행기》(상권 320-322쪽)

사진을 본 것도 아닌데 눈앞에 그 장면이 그려지는 것 같지요? 게다가 재미있지 않습니까? 비결이 뭘까요? 다시 한 번 그가 쓴 글을 읽어봅시다. 피라미드 꼭대기에 먼저 올라가려는, 별 필요도 없는 경쟁으로 관광객을 희생시키는 가이드 때문에 힘들었고 쉽게 해주는 조건으로 팁을 요구하는 행태엔 진저리가 났지만 그에게 종교적으로 저주를 내리는 것으로 스스로를 위안합니다. 피라미드 정상에 올라가서 행복한 게 아니라 그들이 지옥에 떨어질 것을 확신했기에 행복하답니다. 이 글이 왜 재미있는지 아시겠지요? 그는 순간순간 느껴지는 자신의 감정에 충실했습니다. 그 감정의 변화는 오직 마크 트웨인만의 것이기에 이 여행일기가 고유성을 띠게 되고 그래서 재미있는 겁니다.

여러분, 여행일기를 잘 쓰고 싶으면 《마크 트웨인 여행기》라든지, 다른 작가들이 쓴 여행기를 읽어보십시오. 큰 도움이 됩니다.

진실의 입 여행기

오드리 헵번이 주연한 영화 〈로마의 휴일〉은 로마를 세계적인 관광지로 만들었습니다. 물론 로마에는 볼 게 많으니 그 영화가 아니었다 해도 관광객이 미어터졌겠지만 영화를 본 사람은 꼭 가보고 싶게끔 영화를 잘 만들기도 했습니다. 대표적인 장면이 바로 '진실의 입'입니다. 강의 신 홀르비오의 얼굴을 조각한 것인데요, 중세 시절 사람을 심문할 때 심문을 받는 사람의 손을 입 안에 넣고 진실을 말하지 않으면 손이 잘릴 것을 서약하게 한 데서 '진실의 입'이라는 이름이 붙게 됐답니다. 자신이 공주임을 속인 채 손을 넣은 오드리 헵번이 두려움에 떨며 손을 넣고, 같이 간 남자(그레고리 팩)의 장난에 깜짝 놀라는 장면은 두고두고 기억에 남는 명장면이지요.

그래서 그런지 진실의 입에 손을 한 번 넣어보려는 사람이 아주 많습니다. 하지만 긴 줄을 헤쳐 가며 그 앞에 서면 정말 별 게 아니에요. 1.5미터짜리 하수도 뚜껑으로 쓰기 좋은 대리석 둥근 판 하나가 서 있지 뭡니까? 영화에서는 선남선녀인 오드리 헵번과 그레고리 팩이 나오고 또 그걸 예술적으로 촬영하니 멋져 보일 뿐이죠. 게다가 로마 명소들로부터 떨어져 있어서 주변에 볼 게 이것 하나라는 점도 아쉽습니다. 그래서인지 블로그에 올라온 일기들을 보면 정말 별 거 아니다, 라고 투덜대는 내용이 주를 이룹니다. 진실의 입 관련 글만 발췌했습니다.

—줄을 엄청 오래 서서 기다렸어요. 약 30분은 기다린 것 같아요.
—직접 가보니 어이가 없을 정도로 규모가 작고 소박하다. 게다가 줄은 어찌나 긴지.

—딱 사진 한 번 찍을 정도를 위해서 시간을 허비했다는 것이 약간 아쉬웠습니다. 다음에는 오지 않을 것 같네요.

—기다리는 사람이 많아서 딱 한 장, 정말 딱 한 장만 찍고 나왔습니다.

내용이 다 대동소이하지요? 수십 개를 찾아봤는데 다 이런 식이네요. 마크 트웨인이 갔다면 멋진 여행기를 남겼을 텐데 아쉽게도 <로마의 휴일>이 만들어진 연도는 1953년으로 마크 트웨인이 사망한 뒤입니다. 할 수 없이, 물론 대작가에게 비할 바는 아니지만, 제가 한번 써보겠습니다.

◆ 일기 예 23) 쏘리, 벤지!

진실의 입에 손을 넣기 위해 긴 줄을 기다리는 동안 내가 손이 잘릴 거짓말을 얼마나 했는지 생각해 봤다. 가장 먼저 떠오르는 파렴치한 거짓말은 다음이다. 어머니와 단둘이 살 때, 연로하신 어머니를 위해 아는 아주머니가 가끔 와서 청소를 해주셨다. 그분이 내 방을 청소하다 내가 버려놓은 코딱지들을 봤다. 벽 아래에다 몇 달을 모았으니 놀랄 만도 했다.

"아유, 여기다 코딱지를 버리면 어떡해?"

당황한 난 "그거 벤지가 그런 건데."라고 둘러댔다. 벤지는 내가 18년간 키운 말티즈 강아지였다. 어머니도 내 편을 들었다.

"벤지 똥인가 보지. 우리 아들이 그럴 사람이야?"

아주머니는 더 이상 캐묻지 않았지만 내 말이 거짓말인 것을 누구보다 잘 알 것이다. 하지만 내가 정말 미안해하는 건 바로 벤지로, 난 그 녀석을 아들처럼 생각한다고 입버릇처럼 말하곤 했다. 아들에게 죄를 덮어씌우는 아버지라니, 진실의 입에 손이 잘려도 할 말이 없다.

그 다음 거짓말은 뭐였지, 라고 생각하는데 다음이 내 차례였다. 사람들이 긴 줄을 서는 건 진실의 입에 손을 넣고 사진을 찍기 위함이지만 아무리 생각해도 난 사진을 찍고픈 마음이 없었다. 그 앞에 서면 줄 선 사람들의 시선이 다 그리로 몰리니 영 쑥스럽지 않은가? 그래서 난 같이 간 일행 사진만 찍어줬고 진실의 입은 그냥 머리에 담는 것으로 만족했다.

"또 언제 온다고 그래? 너도 찍어."

일행의 말에 난 빙긋이 웃으며 고개를 저었다. 그간 했던 거짓말을 반추하는 것만으로도 충분히 의미가 있었으니까.

이 글이 멋지다면 그건 제 개인의 독창적인 경험이 들어갔기 때문입니다. 좀 더러우면 어떻습니까? 독창적이면 되지요.

이 글이 더 뛰어난 이유는 제가 진실의 입은커녕 이탈리아에 한 번도 안 가본 사람이기 때문입니다. 안 가봐 놓고 간 사람보다 더 현실감 있게 여행일기를 쓸 수 있는 비결이 뭘까요? 십여 년간 거의 빼놓지 않고 일기를 쓴 것이 그 비결이겠지요.

여러분, 일기를 씁시다. 그러면 여행일기도 당연히 잘 쓸 수 있습니다.

사람을 관찰하자

글 잘 쓰는 PD이자 작가인 정혜윤 씨의 여행일기를 봅시다. 그가 쓴 《스페인 야간비행》[1]은 스페인과 필리핀 보홀로 갔던 여행에 대해 쓴 책입니다. 그 책을 읽다 보면 이런 생각이 듭니다. 정혜윤 씨는 정말 그녀만의 여행일기를 쓰는구나! 이건 그녀의 여행책이 팔리는 이유이기도 하지요. 정혜윤 씨가 특별히 주목하는 건 현지에서 만난 사람입니다. 살짝만 인용해 볼게요.

잠수를 마치고 바위에 앉아서 담배를 피우고 있던 섬 청년과 이야기를 나누었어. 그는 내가 보홀에서 본 사람 중에 가장 시름이 깊어 보였어. 그는 돈을 조금 더 내면 빅 피시들이 많은 곳으로 안내해 주겠다고 했어. 나는 그에게 왜 돈이 조금 더 필요하냐고 물었어. 그는 꿈 때문이라고 했어. 그의 꿈은 자신의 배를 한 대 갖는 거야. 그렇지만 섬은 너무 가난해서 배를 마련하기 힘들다고 했어. 많은 필리핀 섬사람들이 바로 그 이유로 낙원처럼 아름다운 곳을 떠나.

"배만 한 대 있다면 평생 섬을 결코 떠나지 않을 거예요."(44쪽)

독특한 여행기의 비결을 눈치채셨나요? 바로 현지인을 관찰하고 그와 이야기를 나누는 것입니다. 관찰을 했으니 시름이 깊은 것을 알게 됐고, 돈을 버는 이유를 묻게 되지요. 보홀에 간 사람은 수십, 수백만 명이겠지만 자기만의 여행일기를 쓰는 이는 거의 없습니다. 다 이런 식이지요.

—보홀 바다 속이 에메랄드빛으로 정말 예쁘더라고요. 오기를 잘했네요.
—보홀 바다는 정말 엄지척이었어요.
—제가 여러 나라 바다를 다 가봤지만, 보홀 바닷 속이 에메랄드 빛으로 정말 예쁘더라고요.

거듭 강조하지만 여행을 가면 누구나 쓸 수 있는 여행일기 말고, 자신만이 쓸 수 있는 여행일기를 씁시다. 현지인과 이야기를 나누는 건 그 한 방법입니다만, 이게 다는 아닙니다. 여행을 가기 전 해당 지역, 또는 해당 국가에 관한 책을 읽은 후 떠나는 것은 어떨까요? 그리스로 여행을 간다면 《그리스인 조르바》를 읽는다든지, 이탈리아로 간다면 《괴테의 그림과 글로 떠나는 이탈리아 여행》, 스페인은 《돈키호테》 등등의 책을 읽는다면, 남과 다른 시각으로 그 나라를 바라볼 수 있지 않을까요?

여러분, 여행을 할 때도 꼭 일기를 씁시다.

---

1 《스페인 야간비행》 정혜윤 지음, 북노마드, 2015

놓치지 않습니다,
매일 일기 쓰기!

술과
일기

술자리는 일기 소재감이 널린 낚시터

술을 마시는 날엔 일기를 건너뛰고픈 충동을 느낍니다. 일단 집에 늦게 들어가고, 몸과 마음이 피곤하니 뭔가 하기보단 그냥 씻고 자기 바쁘지요. 저도 꼭 그날 써야 한다는 건 아닙니다. 다만 이건 말씀드려야겠습니다. 술자리는 일기 소재가 널려 있는, 낚시터 같은 곳이라고요. 왜일까요?

술을 얼마나 마셨고 안주는 뭐다, 이런 걸 굳이 쓰라는 얘긴 아닙니다. 술자리가 낚시터인 이유는 그 시간이 다른 누군가와 대화를 나눌 기회이기 때문입니다. 우리는 대화를 통해 상대방을 알게 됩니다. 그가 겪고 있는 일, 장래에 대한 그의 생각 등등을요. 이것들은 물론 그만의 경험이지만 그 중에는 자신이 겪었던 것도 있을 테고 장차 겪을지 모르는 일도 있으니, 그에 대한 생각을 정리하는 것도 의미 있는 일입니다. 물론 그가 밝히기 꺼려하는 내밀한 사생활을 일기로 쓰는 것은 피해야 합니다만, 그 이외의 것들은 기억해 뒀다가 써도 괜찮지 않을까요?

실제로 저는 술을 한창 마시던 시절, 블로그에 '술일기'를 연재했습니다. 연재는 몇 년 동안 계속됐는데 제법 인기가 좋았답니다. 그때 쓴 일기들을 몇 개만 가져와 볼게요.

할머니, 우리 할머니

십여 년 전, 저는 독신이었고 어머니와 함께 살고 있었습니다. 그런데 혼자 사시던 외할머니가 치매에 걸리는 바람에 어머니가 모셔야 했어요. 처음에는 어머니 혼자 돌보시다 그게 너무 힘들어서 일주에 며칠씩 다른 분을 오시라고 했거든요. 이 일기는 그에 관한 이야기입니다.

★ 서민 일기 1) 200X. 1. 8. 할머니의 2만 원

밤 10시 정도까지 학교에서 밀린 일을 하려 했지만 전화가 한 통 걸려 와서 내 계획을 무산시켰다. 부학장이었다.

"내일부터 모레까지 본과 4학년이 의사고시 보잖아. 학장님 모시고 이따가 격려모임 갈 건데 갈 수 있지?"

아뿔싸, 이걸 까먹다니. 밀린 일은 고사하고 닥친 일도 다 못 한 와중에 4시 반이 되었다. 부학장이 모는 차를 타고 시험장이 위치한 송파구로 갔고, 모텔급 호텔–시험장이 그 근처다–에 둥지를 튼 학생들을 찾아다니며 덕담과 더불어 초콜릿을 전달했다. 그러고 난 뒤 술을 마셨다. 물론 우리 보직자들끼리.

대략 소주 한 병 정도 마셨을까? 맨 정신일 때보다 훨씬 더 정신이 멀쩡한 상태로 집에 갔더니 할머니가 이러신다.

"내 지갑에 돈이 하나도 없어. 어쩐 일일까?"

할머니의 핸드백에는 돈주머니가 있고 거기엔 늘 만 원짜리 몇 개가 들어 있었다. 집에만 계시니 돈 쓸 곳도 없는데 그 돈이 어디로 갔담? 내가 2만 원을 드린 것도 얼마 안 되었는데.

할머니가 "글쎄 100원짜리 하나 없어."라고 다시 말씀하셨을 때, 난 그 돈이 다 어디로 갔는지 알아챘다. 할머니는 당신을 돌봐주는 아주머니를 늘 의심했고, 아주머니가 당신 방을 치우겠다는 것도 한사코 거절하셨다. 심지어 내 책상에 있는 물건들을 내게 갖다 주시면서 "아주머니가 훔쳐갈지 모르니 잘 두라."고 당부하기도 하셨다. 이런 정황으로 보아 할머니는 아마 그 돈을 어디다 깊이 숨겨두셨을 거다. 물론 할머니의 요새 같은 방에서 돈이 숨겨진 장소를 찾는 건 불가능했다. 문제는 할머니가 그 타령을 하루 종일 하셨다는 것. 어머니한테도 그날 몇 번이나 같은 얘기를 하셨단다.

"내가 아무리 돈 쓸 데가 없어도 그렇지, 택시 타고 내 집이라도 갈 수 있는데 어째서 날 이렇게 대하냐?"

할머니가 큰 소리를 내며 통곡을 해도 엄마가 못 본체한 건 바로 그 때문이었다. 내가 말했다.

"그냥 그 돈은 잊어버리시고요, 제가 2만 원 드릴게요."

그러고 나서 내 방에 돌아오니 할머니가 따라오신다.

"나 이런 돈 필요 없어. 내가 지금 너한테 돈 달라고 이러냐?"

할머니는 돈 2만 원을 내게 던지고 돌아선다. 따라가서 위로해야 하지만 솔직히 귀찮았다. 마음은 그렇지 않지만 매일같이 부딪히는 할머니의 타령을 받아주기가 점점 버거워진다. 지금 우리 집 근처인데 술 한잔하자는 친구의 제안을 잽싸게 수락한 건, 아마도 거기서 탈출하고 싶은 욕구 때문이리라.

난 대번에 옷을 챙겨 입고 집을 나섰고 코가 비뚤어지게 술을 마셨다. 다음 날 아침, 할머니는 눈도 제대로 못 뜨는 내게 오셔서 다시 통곡을 하신다.

"어제 네가 2만 원 준 거 있잖아. 네 엄마가 그거 네 돈이라며 너 준다고 가져가 버렸다. 난 선자(엄마 이름)가 대신 자기 돈을 주려나 했는데 아무리 기다려도 소식이 없네? 나 같은 것이 돈 쓸 일이 뭐가 있냐는 뜻이겠지. 그래도 그러면 쓰냐. 돈 얼마는 있어야지.”

짜증이 몰려오면서 잠이 확 깬다.

“할머니, 그 2만 원, 할머니가 다시 나 갖다 줬잖아. 필요 없다고 하면서.”

할머니는 가슴을 세게 치며 통곡하기 시작한다.

“네가 나를 노망한 사람으로 취급하냐. 억울해서 못살겠다. 내가 너희 집에서 밥 얻어먹고 있다고 그렇게 속여먹는 거 아니다.”

할머니는 마루에 나가서 아주머니를 붙잡고 통곡을 한다.

“내가 죽어야지…… 살아서 밥 얻어먹고 있으니까 이런 수모를 겪네.”

할머니 지갑에 몰래 2만 원을 넣고 나가면서 마음이 영 착잡했다. 마음은 효손인데 몸은 거의 남이다.

이 일기에선 제가 술을 마시게 된 이유를 썼는데 그게 할머니 때문이라고 말하고 있네요. 할머니는 결혼 전에 초등학교 교사를 하실만큼 엘리트였어요. 참 똑똑하신 분이고 우리에 대한 사랑도 지극했지요. 그랬던 할머니는 말년에 치매에 걸리셨고 꽤 오랜 기간 고생하셨습니다. 남에게 털끝만큼이라도 폐를 끼치는 걸 싫어하셨던 분이라 더 마음이 아팠지요. 이 일기를 보면서 '돌아가신 할머니한테는 잘 못 해드렸으니 어머니한텐 잘하자'는 결심이 섭니다.

그 곱창집

제가 잘 가던 A곱창집에 관한 얘기입니다.

★ 서민 일기 2) 200X. 9. 22. 불친절한 곱창 씨!

지인 몇몇과 A곱창집에 갔다. 그 곱창집은 길을 넓히느라 원래 있던 곳이 헐리는 바람에 훨씬 더 멋지고 넓은 곳으로 이사를 왔다. 하지만 곱창 맛은 여전했고 사람이 바글바글한 것도 그때와 같았다. 변하지 않은 게 또 하나 있었다. 바로 사장님의 표정. 그녀는 그때나 지금이나 짜증이 나 죽겠다는 표정을 짓고 있었다. 난 그분이 웃는 걸 단 한 번도 본 적이 없다. 손님이 많은 게 짜증나는 걸까? 하지만 곱창이 너무도 그리워서 오후 세 시에 그 집을 와본 적이 있었는데 평소보다 훨씬 한산했던 그때도 사장님은 짜증난다는 표정으로 종업원들을 닦달하고 있었다. 식당 밖 인도에 있는 보호대를 닦는 종업원에게 "그렇게 닦으면 어떡하냐?"고 소리를 치는 아주머니, 내 기억에 남아 있는 엽기적인 장면 중 하나다.

A곱창을 떠나는 사람들은 대개 그 불친절에 질려서 그런다. 둘이 가서 2인분을 시키면 "양이 적으니 아예 3인분을 시켜라."고 고압적으로 얘기하고, 곱창 재고가 부족할 땐 다른 걸 끼워 파는 데다 술이라도 시키려고 종업원을 불러도 오지 않는다. 종업원들도 다 주인을 닮아서 그런 것일까. 그건 아니다.

그 집의 가장 큰 문제는 손님에 비해 종업원의 숫자가 적다는 데 있다. 곱창은 손이 제법 가는 음식인데 숫자가 적으니 늘 바쁘게 뛰어다녀야 하고, 그러다 보면 누가 부르는 게 스트레스일 테니까. 그럼에도 그런 전략을 고수하는 이유는 인건비를 아낄 수 있고, 아무리 불친절해도 손님은 계속 밀려오기 때문. 한마디로 정리하면 "오기 싫으면 마. 너 아니어도 손님 많아."다.

A곱창의 불친절을 못 견뎌 하던 친구 하나는 계산을 할 때 주인에게 싫은 소리를 하면서 "다신 오나 봐라."라고 했다. 그랬더니 주인이 "그러세요."라고 했다던가. 그 친구는 지금 다른 곱창집을 가는데 친절하긴 하지만 내가 먹어보니 맛

이 영 A만 못하다. 마음은 A곱창에 가 있는 나를 이상한 곱창집에 끌고 와서 "A보다 더 맛있지?"라고 묻는 친구라니, 그러게 왜 주인과 싸워서 나까지 피해를 보게 만드느냐고 따지고 싶었지만 그냥 "비슷하네." 그러고 말았다. 그 이후부터 난 그 친구가 곱창을 먹자고 하면 "어제 먹어서 또 먹기 싫다."고 한다.

아는 분의 얘기다. 자기 친구는 아버지가 사장이라 돈이 많았는데 무지하게 '짠돌이'었다고 한다. 그 친구가 아버지 사업을 물려받은 지금, 그분은 친구 회사에 가보고 놀랐단다. 그 더운 날에 사람들이 러닝셔츠만 입은 채 땀을 흘리고 있었던 것이다. 사장인 친구가 보충설명을 했다.

"에어컨 사용료가 얼마나 비싼데."

돈을 많이 버는 사람들이 더 짜게 구는 경우를 우린 가끔 본다. "저러니까 돈을 벌었구나." 싶지만 그래도 좀 씁쓸하다. 먹고 살고도 남을 만큼 돈을 벌면 조금은 관대해질 수도 있지 않을까. 에어컨을 켜면 나가는 전기료만큼 회사의 능률이 오르듯, A곱창집도 종업원을 좀 더 늘리면 나가는 인건비만큼 친절도가 증가해 손님이 더 몰려들 수도 있지 않을까. 말은 이렇게 하지만, 어려울 것 같다. 지금도 손님은 포화상태니 말이다.

"A곱창 사장님, 제 친구랑 화해하시면 안 될까요? 불친절해도 맛있는 곱창이 좋거든요."

여기선 곱창집의 사장님 얘기를 썼습니다. 곱창이 맛있어서 술이 술술 들어갔다, 라고 쓰는 것보단 이게 더 재미있지 않습니까? 이젠 제가 그 동네를 떠나 천안으로 내려왔기에 안 간 지가 벌써 10년도 훨씬 더 됐네요. 먹고 싶네요, 그 곱창집.

그 편집자

당시 A출판사에 근무하던 편집자 분과 몇 번 술을 마셨습니다. 당시 저는 몇 권의 책을 말아먹고 더 이상 글을 안 쓰겠다고 결심한 터였는데 이 편집자 분은 "네 책이 망한 것은 기획이 잘못됐기 때문이다, 기획은 내가 해줄 테니 글을 좀 써라."면서 저를 설득했습니다. 그의 외모가 '곰'과 비슷하다고 생각해 일기장에서 그를 '곰'이라고 썼습니다.

★ 서민 일기 3) 200X. 10. 17. 술은 냉면과 함께
내가 곰을 좋아하는 이유는 그가 여성적 캐릭터를 가졌기 때

문이다. 그는 남의 말을 잘 들어주고 분위기에 맞는 대화를 구사할 줄 안다. 이런 스타일의 남자를 만나는 것은 쉽지 않은 일인데 내 예상대로 그는 "주변에 여자 친구가 많다."고 한다. 아직 총각이고 성격도 좋은 그! 여자들이 남자를 고를 때 여자에게 인기가 많은가 하는 것도 중요한 기준으로 잡아야 한다는 게 내 생각이다.

내가 곰을 두려워하는 이유는 그가 너무도 술을 잘 마시기 때문이다. 잘해야 소주 세 병에 못 미치는 주량을 가진 나는 번번이 그의 앞에 무릎을 꿇었고 다음 날이면 "어제 폐가 많았다."는 메시지를 보내야 했다. 어제, 그와 필동 냉면집에서 만났다.

"냉면에 소주 마셔봤어요? 은근히 잘 어울려요."

냉면이 안주라니, 그게 말이 돼? 하지만 곰의 말대로 냉면은 좋은 안주였고, 취할 만하면 들이키는 냉면 국물이 내 정신을 온전하게 해줬다. 그래서일까. 2차를 가고 3차를 갔지만 술이 전혀 취하지 않아 곰으로부터 "오늘은 평소와 다르시네요?"란 찬사를 들었다! 앞으로 술은 냉면과 함께다!

당시 그는 저를 만날 때마다 책 얘기를 했지요. 하지만 전 그때 글로는 힘들겠다며 자포자기한 상태였기에 그의 말이 귀에 들어오지 않았답니다. 그렇게 몇 번을 만났는데도 제가 글을 쓰지 않자 그는 화를 내며 제 곁을 떠났습니다. 그리고 10년쯤 지난 뒤 다시 제 앞에 나타났지요. 그때 그는 A출판사를 떠나 자신의 출판사를 차린 뒤였습니다. 당시 그의 요구를 들어주지 못한 것에 대해 미안하다고 했고 앞으로는 말을 잘 듣겠다고 약속했지요. 그 뒤 저는 그때 못 냈던 책을 그와 같이 냈답니다.

그 족발집

★ 서민 일기 4) 200X. 1. 28. 싸움의 불씨, 족발

어디서 주워들은 말을 따라해 보자면, 음식 때문에 눈이 먼 적이 세 번 있었다. 어릴 적 전주에서 비빔밥을 먹고 눈이 멀었고, 병천에서 순대를 먹고 그 엄청난 맛에 두 번째로 눈이 멀었다. 그리고 세 번째, 평소 잘 못 먹던 족발을 장충동에서 먹고 나서 난 그만 맛이 가버렸다. "천국이 있다면, 거기서는 이런 족발을 매일 먹고 있을 거예요."라는 말을 같이 먹던 선배에게 했을 정도.

그 족발이 못 견디게 생각이 나, 토요일 술 약속 장소를 그 근처로 잡았다. 하지만 설 연휴라 내가 가려던 원조집은 문을 닫아버렸고, 다른 가게 아주머니들만 길거리로 나와 호객행위를 하고 있었다. 호객행위를 한다는 건 사람이 없단 소리, 그래서 난 그런 꼬임에 잘 넘어가지 않는다. 언제 어떤 방송에 출연했다는 간판들 틈에서 난 그럴듯한 집을 발견했고 거기로 가려 했다. 하지만 그 집 간판에선 족발보다 보쌈을 더 크게 강조해 놓았다. 족발에 마음이 있던 터라 우리가 망설이는 사이 호객행위를 하며 우리를 꼬이던 A가게 아주머니가 해서는 안 될 말을 했다.

"그 집 맛없어요. 우리 집으로 와요."

보쌈집 아주머니가 그 말을 듣고 발끈하는 동안, 우리는 A가게로 가 자리를 잡았다. 하지만 예상과는 달리 싸움은 커졌고, A가게 주인아저씨가 우릴 가리키며 "저 손님 가져가라 그래!"라고 하더니 우리더러 나가라고 손짓을 한다. 가게에서 나와 보니 양측 다 사생결단으로 싸우고 있다. 하루 이틀 보는 사이도 아닌데 왜 저렇게 싸울까 하는 생각도 했지만 그 싸움이 우리 때문에 벌어진 거라 마음이 편치 않았다.

다른 집으로 옮기는데 우리를 계속 따라다니던 아주머니가 이런다.

"싸움 그만 붙이고 우리 집으로 와요."

아니, 싸움이 난 게 우리 때문인가? 그렇게 기분 나쁘게 얘기 하면서도 자기 잇속을 차리려는 게 그저 놀랍다. 유명 족발집이 몰려 있는 장충동이지만 다들 사정이 좋진 않은가 보다.

결국 우린 어느 한 식당에 자리를 잡고 앉았고 먹고 싶었던 족발을 시켰다. 그 족발은 오래 전 선배와 같이 먹었던 족발에 비해 50%쯤 맛이 없었다. 그 족발을 "맛있다."고 먹는 친구를 보면서 '원래 가려던 집 갔으면 기절했겠다'는 생각을 했다. 참고로 그 맛있는 족발집은 역시 장충동이고, 동대입구에서 전철을 내려 3번 출구로 나간 뒤 원조집과 원조집 사이 골목에 자리한 집이 가장 맛이 있다. 그 이름은 '평안도족발'.

술을 마시러 가는 동안 겪었던 파란만장함을 일기에 담았네요. 사실 술자리 가기 전에 많은 일들이 있게 마련이고 그것들은 다 나름의 재미있는 소재가 됩니다. 위에서 언급한 평안도족발에 가보면 허영만 화백이 그린 《식객》만화가 붙어 있고, 사장님이신 할머니 그림이 그려져 있답니다. 《식객》에 나오는 맛집인 거죠. 지금도 족발 하면 그 집이 떠오릅니다.

한창 때인 후배들

제가 몸담았던 동아리에서는 여름마다 진료봉사를 갑니다. 그러려면 돈이 드니까 선배들한테 인사도 할 겸 돈을 걷으러 다닌답니다. 이럴 때 돈만 주기 뭐하니까 식사를 같이 하는 경우도 있지요. 참, 그때는 제가 직장은 천안이지만 집은 서울에 있을 때입니다.

★ 서민 일기 5) 200X. 5. 12. 1차… 2차? 3차!

한 주를 시작하는 월요일, 난 이날만큼은 절대로 술을 마시지 않으려 했다. 하지만 세상일은 언제나 뜻대로 되는 건 아니다. 동아리 후배 둘－남학생, 여학생－이 후원금을 받으러 왔는데 그게 하필 저녁 때였고, 그들은 배가 고팠다. 난 말했다.

"저녁이나 같이 할까요?"

"저희야 좋죠."

우리는 고기를 먹으러 갔다. 난 동아리에서 작성한 '선배 분류'에서 A+를 받은, 그러니까 후배들에게 잘해주기로 소문난 선배였으니까. 고기를 먹으면서 지나가는 말로 물어봤다.

"술 같은 거 안 할 거죠?"

"(남학생)싫어하진 않아요."

"(여학생)저도 뭐⋯⋯."

그래서 난 백세주 한 병과 소주 한 병을 시켰다. 백세주는 둘이 나눠먹으라고 하고 소주는 내가 먹었다. 밥을 먹고 난 뒤 난 서울에 간다고 했다.

"저희도 갈 거예요!"

"난 기차 타는데?"

"저희도 기차가 좋아요. 집이 강북이거든요"

그래서 우리는 기차에서 2차를 했다. 오징어에다 맥주 두 캔씩. 서울에 도착할 무렵 혹시나 해서 물어봤다.

"한잔 더 할래요?"

"저희야 좋죠."

"기숙사는 10시면 문 닫지 않아요?"

"요즘엔 24시간 해요."

그래서 난 3차를 가야 했다. 이건 내가 알코올 중독이어서가 아니라 후배들에 대한 배려가 좋은 선배였기 때문이다. 거기서 우린 파전과 닭똥집에다 소주를 마셨다. 우리 옆을 지나던 도둑고양이에게 닭똥집을 주기도 했고 기억이 안 나는 말들을 지껄였다. 집에 가니 12시였고 난 이미 취해 버렸다. 아침에 했던 결심은, 지켜지지 않았다.

이 일기를 다시 읽다 보니 그때 생각이 선명하게 나네요. 아무튼 여기서는 술을 마시고 싶어서 마셔놓고선 후배들 탓을 하는 알코올 중독자의 모습이 그려집니다. 지나고 보면 이런 것도 다 추억이긴 한데 일기를 써놓은 덕분에 그 추억을 다시 불러올 수 있었던 것 같습니다.

똑 부러진 고교생들 얘기를 하다

★ 서민 일기 6) 200X. 5. 12. 유치원생들의 데모를 기대하며

작년, 미션스쿨에 다니던 고교생이 종교의 자유를 요구하면서 단식을 한 적이 있다. 정말 대단한 일이었다. 입시전쟁을 치르고 있을 고교생이 어떻게 그런 놀라운 생각을 할 수가 있담? 한참 전 미션스쿨에 다니는 대학생들이 채플이라는 과목을 들었을 때, 기독교를 안 믿는 학생들은 그 시간을 아주 의미없게 보내야 했다. 그럼에도 그들은 민주화를 위해서는 거리로 나섰지만, 채플을 없애자고 시위를 한 적은 한 번도 없다.

그런데 강xx이라는 고교생이 그런 놀라운 주장을 한 것이다. 다른 목소리를 극도로 싫어하는 '학교'라는 공간에서 특정 종교를 강요하지 말아달라는 주장을 하다니 놀랍지 않은가?

이 얘기를 하는 이유는 어떤 여성분과 술을 마시며 얼마 전 벌어진 고교생 시위에 대해 얘기를 나누었기 때문이다. 광화문에 고교생들이 모여 내신을 없애자며 촛불시위를 했단다. 자기 동료들을 경쟁자로 모는 내신 제도를 철폐하잔다. 그들이 자기에게 부여된 표현의 자유를 그런 식으로 표출한다는 것은 바람직해 보였다. 더 중요한 점은 그들이 입시제도에 대해 자신들의 목소리를 냈다는 사실이다. 입시제도는 필요에 따라 수없이 바뀌어 왔지만 그 과정에서 입시의 주체인 학생들의 요구는 한 번도 반영된 적이 없다. 그들은 언제나 바뀐 입시제도에 따라 자신을 맞추어 가는 존재였을 뿐이다. 나도 그녀도 이들의 시위가 대견하다고 입을 모았다.

집으로 가려고 택시를 탔는데 라디오에서 고교생 시위에 관한 뉴스가 흘러나왔다. 이때 택시 기사분이 한 말,

"우리나라 곧 망하겠다. 이러다간 유치원생들도 유치원비 내려달라고 거리로 나올 것이다."

일사불란만을 꼭 지켜야 할 가치로 여기는 그 기사분과 나의 간극은 그렇게 컸다. 난 고교생들의 시위를 바람직하게 본 반면, 그분은 사회질서를 무너뜨리는 행위로 보고 있었으니까. 지금이 70, 80년대였다면 간첩의 사주로 생각하지 않았을까? 기사분 말대로 유치원생들이 자기 스스로의 판단으로

유치원비 내려달라고 데모를 한다면 그야말로 가슴 벅찬 일이 아닐까. 요즘 유치원비가 얼마나 비싼가. 유치원 경영이 얼마나 어려운지 몰라도 유치원비 내느라 부모님들 허리가 휘고 있는 중인데 유치원의 주체인 유치원생들이 그런 시위를 한다면 얼마나 기특할까. 그건 당장은 무리일 테니 그냥 고교생 시위에 만족하자.

사실 자신의 운명이 달린 일에 참여할 권리는 오래 전부터 그들에게 있었다. 우리가 몰라서 행사하지 못했을 뿐인데 우리와 달리 그들은 그 권리를 행사했다. 이 일로 대입 제도가 바뀌지 않더라도 우리나라의 장래는 밝다고 할 수 있지 않을까?

술집에서 나눈 이야기를 일기에 적고 그에 대한 제 의견을 덧붙였습니다. 그녀와의 대화를 그대로 옮겼다면 '프라이버시' 침해겠지만 그냥 '얘기를 나눴다'고만 함으로써 이 논란을 피해갔습니다. 택시 기사님을 '디스'하는 얘기를 쓰긴 했지만 누군지 모르니 괜찮지 않을까요.

놓치지 않습니다,
매일 일기 쓰기!

술은 좋은 친구다

슬플 때 마시는 술의 효과에 대해 이야기했습니다.

★ 서민 일기 7) 200X. X. X. 소주 두 병 반, 슬픔 열 숟가락

비가 오면 사람들은 술을 마시고 싶어 한다. 기쁜 일이 있어도, 슬픈 일이 있어도 그건 마찬가지다. 요즘 난 그런 감정에 좌우돼 술을 마신 적은 드문 것 같다. 즉흥적인 감정에 휩싸여 마시기보다는 미리 정해진 약속에 따라 술을 마시는 편이기 때문이다. 그 날 슬픈 일이 있다면 마시는 양이 더 많아지긴 하지만 말이다.

7~8년 전만 해도 그렇진 않았다. 집안 반대로 당시 사귀던 여자 친구와 헤어져야 했던 그 시절, 난 술을 벗 삼아 슬픔을 이겨냈다. 술을 마신다고 상황이 달라지는 게 아니라는 건 잘 알고 있었지만 술을 마시지 않고는 견딜 수 없을 때가 이따금씩 있는 법이니까. 그러고 보면 술은 그 당시 내 가장 좋은 친구였다.

그 시절, 이런 적도 있었다. 어느 날 아침에 출근을 했는데 갑자기 슬픔이 몰려왔다. 그날 아침 여자 친구에 대해 엄마가 했던 말 때문이었던 것 같다. 매점에 가서 소주 세 병과 참치

캔을 샀다. 그러고는 실험실 구석에 가서 조용히 술을 마시기 시작했다. 그게 아마 아침 열 시쯤 되었을 거다. 마시는데 눈물이 펑펑 흘렀다. 아침부터 웬 술이냐고 한마디 하러 온 사람들이 놀라 도망갔고, 내가 왜 그러는가를 알기 위해 회의가 열리기도 했다.

그렇게 두 병 반을 비웠고 그러다 잠이 들었다. 내가 마신 술 중 가장 슬픈 술이었는데 그 술 덕분에 어느 정도 슬픔을 몰아낼 수 있었던 것 같다. 기억은 안 나지만 누군가 내게 왜 우냐고 물었는데 내가 이렇게 대답했단다.

"안약 넣어서 그래요."

"안약?"

"저 렌즈 끼는 거 몰라요?"

엊그제, "사는 게 너무 힘들다."고 하소연하는 친구와 술을 마셨다. 자기를 혼자 내버려두라고 하는 그에게 이렇게 말해줬다.

"네가 내 친구인 이상 혼자서 괴로워하도록 내버려 두지 않겠어."

나름대로 멋진 말이었지만 그 친구는 하나도 감동하지 않은 듯했는데 그래도 그가 웃는 모습을 몇 번 보여줘서 보람은 있었다. 크기가 작든 크든, 사람은 누구나 저마다의 고민을 가지고 산다. 언제나 사자처럼 강하게 느껴지던 그도 알고 보니 이런저런 고민을 가진 한 인간이었다. 술이 나의 좋은 친구였듯이 나도 그에게 좋은 친구로 남을 수 있었으면 좋겠다.

프라이버시를 위해 친구가 왜 힘든지, 그 얘기는 쓰지 않았습니다. 그 대신 제 경험을 바탕으로 술이 위로가 된다고 썼습니다. 참고로 이 술일기를 쓰던 시절은 제가 열심히 글 연습을 하던 바로 그 시기입니다. 내는 책마다 다 망하던, 그러니까 글을 잘 쓰지 못하는 시절이라는 얘기지요. 그래도 술일기를 다시 읽어보니, 어떻게든 소재를 찾아내서 일기를 쓰려고 하는 모습이 엿보여 웃음 짓게 됩니다.

다시 말씀드리지만 술자리야말로 소재의 보고입니다. 술값 계산에 관한 이야기, 좋아하는 안주에 관한 이야기, 자신이 했던 고민에 관한 이야기, 프라이버시를 걷어낸다 해도 얼마나 할 이야기가 많습니까?

그러니 술 때문에 일기를 거르지 말고, 소재를 생각했다가 그 다음 날이라도 꼭 쓰시기 바랍니다. 이런저런 핑계로 건너뛰기 시작하면 글 잘 쓰는 '그 날'은 결국 오지 않습니다.

자기소개서,
이제 두렵지 않습니다

이런 소개서는 어떨까

이전 글에서도 자기소개서에 대해 잠깐 언급했지요. 일기를 잘 쓰면 자기소개서를 잘 쓴다고요. 여기선 좀 더 구체적으로 어떻게 자소서를 써야 좋은 자소서인가 말씀드리겠습니다. 먼저 다음 자소서를 보십시오.

1번

저는 A시에서 2남 중 첫째로 태어났으며 동사무소 공무원이신 아버지와 알뜰하신 어머니의 지도로 반듯하며 정직하게 살아가도록 가르침을 받으며 성장했습니다. 부모님의 이러한 가르침과 엄한 가정교육 때문인지 다들 저한테 예의가 바르다고 칭찬을 했습니다…… 성격은 매사에 차분한 반면 밝고 명랑합니다. 그러나 때로는 능동적으로 돌진하는 저돌성 때문에 낭패를 보기도 하지만 남보다 한발 앞서 성취감을 맛보기도 합니다. 교우관계는 어릴 때부터 특별한 어려움 없이 원만한 편이며, 인간관계도 넓습니다. 성격 자체가 모가 나지 않아 다들 저를 좋아합니다.

구글에 올라온 자기소개서 샘플입니다. 이런 소개서를 여러분이 심사한다면 몇 점을 드리겠습니까? 저는 100점 만점에 40점을 드리렵니다. 이 소개서엔 다음과 같은 문제점이 있습니다.

첫째, 재미가 없습니다. 이 글을 읽으면서 혹시 감동을 받았나요? 그렇다면 당신은 감수성이 극도로 발달하신 분입니다. 저는 이 글을 옮겨 쓰면서 일말의 재미도 느끼지 못했습니다. 자기소개서의 재미는 파격에서 나옵니다. '하하, 이 친구 마음에 드는군' 같은 말이 나오기엔 글이 너무 평범합니다. 읽는 도중 그 사람의 모습이 머릿속에 그려지지 않는 것은 그 때문입니다.

두 번째, 모순되는 점이 있습니다. 성격이 매사 차분한데 능동적으로 돌진하는 저돌성 때문에 낭패를 본 적이 있답니다. 사랑하니까 헤어진다는 신파가 떠오르지 않습니까? 저돌성을 넣은 이유는 자신이 일에 있어서는 물러서지 않는다는 점을 강조하려는 전략이겠지만 저돌성과 '예의', '차분함' 등은 어울리지 않는 조합입니다.

이 소개서를 정리하면 다음과 같습니다.

좋은 인상을 주기 위해 좋은 말을 여럿 넣었다. 하지만 좋은 자기소개서는 좋은 말들로 이루어지는 게 아니다.

그렇다면 다음은 어떨까요?

2번

'저를 뽑아주시면 1등 출근 꼴지 퇴근할 각이구요, 침낭 가져와서 먹고 자고 할 수도 있어요. 이거 레알. 일단 믿어 보삼.

'급식체' 자기소개서가 구글에 나오기에 앞부분만 옮겨 봤습니다만, 이렇게 쓰면 안 되는 거 아시죠? 자기소개서를 심사하는 이들은 대부분 어른들입니다. 그 어른들은 때와 장소를 안 가리고 까부는 걸 못 참습니다. 게다가 내용에도 문제가 아주 많습니다. 일찍 출근해 가장 늦게 퇴근한다는 건 별로 좋은 인상을 주지 못합니다. 왠지 비굴해 보이지 않습니까? 능력의 부족을 근무시간으로 때우겠다는 느낌이 들기도 하고요. 정리하면 이렇습니다.

이 소개서를 스펙으로 만회하려면 하버드대를 수석으로 졸업하고 10개 국어를 할 줄 알아야 한다.

그럼 다음을 보죠.

3번

2학년 때 학교에서 잃어버린 축구화의 행방을 찾기 위해 우연히 학교를 청소해 주시는 아주머니의 휴게실을 찾아간 적이 있습니다. 노크를 하고 아주머니 분들께 여쭈어보려는데 축구화의 행방보다 저를 더 놀라게 만든 일이 있었습니다. 문이 열리고 청소부 아주머니들 네 분이 앉아 쉬시는 장소를 보게 되었는데 화장실 변기 칸 두 개 정도를 합쳐 놓은 듯한 곳에 아주머니들은 다리를 펴지 못한 채 쭈그려 앉아 땀에 절은 몸을 식히시며 비좁은 곳에서 쉬고 계셨습니다. 운동화를 찾지 못한 것보다 그 모습에 더 부당함을 느낀 저는 학교 학생들이 모여 있는 SNS 공간에 이런 상황을 알렸고, 결국 이 이야기는 학내에서 공론화되었습니다.

일단 내용이 훈훈하지요? 그런 광경을 보더라도 혼자 마음 아파하고 마는 경우가 대부분인데 이 친구는 그걸 공론화시켰습니다. 그 후 어떻게 해결책이 났는지 모르겠지만 확실한 건 이런 학생이 많아진다면 우리 사회가 더 좋은 사회가 된다는 것이지요. 그리고 이 소개서가 더 마음에 와 닿는 이유는 학생이 겪은 실제 경험을 이용해서 소개서를 썼기 때문입니다. 실제로 이 학생은 원하는 대학에 합격을 했습니다. 그런데 그 학생이 이렇게 썼다면 어땠을까요?

4번

저는 사회적 약자가 부당한 대우를 받는 것을 그냥 보아 넘기지 못하는 따뜻한 마음을 가진 사람입니다. 이건 어려서부터 《소공녀》《거지왕자》《올리버 트위스트》같은 책들을 읽으면서 인성을 키운 덕분이지요. 저를 뽑아주신다면 이곳이 훨씬 더 따뜻한 곳으로 변모한다고 장담합니다.

이 글은 '자기 자랑이 이렇게 심하다니 학교 분위기를 저해할 친구로군' 하는 평을 듣기에 딱입니다. 그런데 이상하지 않습니까? 3번 글도 결국엔 자기자랑인데 왜 그 글은 훈훈함을 주는 것일까요?

놓치지 않습니다,
매일 일기 쓰기!

보이는 글을 쓰자

사람은 말입니다, 뭔가를 강요받는 것을 그리 좋아하지 않습니다. 그 대신 스스로 판단하고 싶어 합니다. 특히 자기소개서를 심사하는 사람이라면 더 그렇습니다. 그런데 4번 글은 강요하는 글입니다. '저는 따뜻한 마음씨를 가졌다'라고 일방적으로 우기고 있습니다. 이런 글을 읽으면 '그걸 내가 왜 믿어야하지?'라는, 반발심이 듭니다. 조금 더 나아가면 '이거이거, 마음이 차가운데 거짓말하는 거 아니야?'라는 생각까지 든다니까요.

하지만 3번 글은 자신의 경험만 나열했을 뿐, 읽는 사람에게 판단을 미루고 있습니다. 글을 읽는 동안 그 장면이 떠오르고 그걸 공론화하는 작성자의 모습이 머릿속에 그려집니다. 이 경우 심사위원이 '이 친구 참 마음이 따뜻하군!'이라는 판단을 내리고 흡족해합니다. 혹시 눈물을 흘리셔도 감수성이 예민한게 아닙니다.

앞에서 예로 든 1번 글의 문제점도 여기서 연유합니다. 예의 바름, 차분함, 원만한 인간관계, 작성자는 우리 사회가 긍정적으로 보는 가치들을 자신이 가지고 있다며 우길 뿐입니다. 그래서 글이 재미가 없고, 글쓴이가 머릿속에 그려지지 않는 것입니다.

이제 좀 감이 오시죠? 우기는 글을 쓰지 말고 '보이는 글'을 쓰라는 것이지요. 예를 들어볼게요.

◆ 일기 예 24) 예의바름을 강조할 때

숨바꼭질을 할 때였습니다. 술래가 제가 숨어 있는 곳으로 오기에 저는 긴장한 나머지 숨 쉬는 것도 참아야 했습니다. 그런데 술래 옆으로 친구 어머니가 지나가고 계시지 뭡니까? 저는 저도 모르게 "안녕하세요 솔비 어머니!"라고 했고, 그 바람에 술래에게 딱 걸렸습니다. 하지만 전 후회하지 않습니다. 술래에게 걸리면 제가 술래가 되면 되지만 예의를 잃어버리면 패륜아가 될 뿐이니까요.

◆ 일기 예 25)원만한 인간관계를 강조할 때

고등학교 때 일입니다. 제가 전날 늦게까지 만화책을 보느라 지각을 하고 말았습니다. 그날따라 지각한 아이들은 학교 운동장을 청소하라는 명령이 떨어졌습니다. 막상 나가 보니까 저 빼고 다들 학교에서 '일진'이라 불리는 학생들이었습니다. 우리 학교 짱과 부짱도 물론 있었습니다. 전 너무 무서워 말이 나오지 않았지만 용기를 내서 말을 걸었습니다. 그로부터

30분 뒤, 저는 학교 짱과 '의형제'를 맺었습니다. 그 뒤 학교 생활이 아주 편해졌습니다. 누가 저를 위협하면 전 이렇게 말하면 됐으니까요.

"동생한테 얘기해야겠다."

◆ 일기 예 26) 재치를 강조할 때

방학숙제를 하나도 안 한 벌로 1주일 동안 학교 전체 화장실을 청소하게 됐습니다. 변을 보고도 물을 안 내리는 비율이 50%를 넘는 학교라, 화장실의 더러움은 어디 비교할 만한 곳도 없을 정도였습니다. 더 최악인 것은 같이 걸린 7명이 별로 성실하지 않은 친구들이었다는 것이지요. 그들의 심드렁한 표정에서 전 다음과 같은 상상을 합니다.

'청소를 하는 둥 마는 둥 해서 1주가 2주가 되고, 어쩌면 졸업 때까지 청소를 할 수도 있겠다.'

안 되겠다 싶었던 저는 꾀를 냈습니다. 혼자 대걸레를 들고 화장실 청소를 하면서 노래를 불렀습니다.

'너무너무 더러워/ 코가코가 막혀 숨을 못 쉬겠어

지지지지 베이비 베이비

오 너무 더러워서 쳐다볼 수 없어/ 똥이라도 튀면 끝장인 Girl/ 지지지지 베이비 베이비'

제 노래 소리에 심드렁하게 담배를 피우던 학생들이 제 주위로 몰려들었습니다. 한 친구가 말했습니다.

"야, 뭐가 그렇게 신나?"

"응, 화장실 청소가 정말 재미있네? 이렇게 재미있는 줄 미처 몰랐는데 말이야."

그 학생들은 자기네끼리 고개를 갸웃거리더니 다시 담배를 피웠습니다. 전 더 열심히 노래를 불렀습니다.

'너무나 더러워 만질 수가 없어/ 이런 똥은 난생처음

지지지지 베이비 베이비/ 지지지지 베이비 베이비.'

그 학생들 중 한 명이 제게 다가왔습니다.

"야, 나도 한 번 해 보면 안 돼?"

전 속으로 쾌재를 불렀지만 이렇게 대답했습니다.

"안 돼. 지금 한창 재미있거든."

다른 학생도 거들었습니다.

"야, 그런 게 어디 있어? 재밌는 거 같이 나눠야지."

그러면서 그 친구는 제 손에서 대걸레를 빼앗았습니다. 그러고는 열심히 청소를 하기 시작했습니다. '지지지지 베이비 베이비'를 읊조리면서요.

자기소개서, 결국엔 일기다

여기까지 읽으면 '음, 그렇게 쓰는 거군. 쉽네?'라고 생각하실 겁니다. 하지만 세상은 그리 만만하지 않고 자기소개서는 더욱 더 만만하지 않습니다. 요령을 안다고 해서 쓸 수 있는 게 아니란 겁니다. 자기소개서는 자신의 좋은 점을 강조함으로써 자신이 쓸 만한 사람임을 알아달라는 취지입니다. 자신에 대한 글을 쓰기 위해 꼭 필요한 게 뭘까요? 바로 자기 자신에 대해 잘 알아야 한다는 것입니다.

우리는 자신을 얼마나 알고 있을까요? 야, 내가 설마 나를 모르겠냐 싶지만 그렇지 않습니다. 자기소개서를 대필해 달라고 부탁하는 사람들은 왜 그리 많을까요? 이분들은 단순히 글을 못쓰기 때문이라고 말하겠지만 그렇지 않습니다. 특색 있게 자신을 차별화할 수만 있다면 글이야 좀 못써도 큰 상관이 없거든요.

뭔가를 잘 알기 위해서는 어떻게 해야 할까요? 그 대상에 대해 이것저것 알아보고, 왜 저럴까 생각도 해 봐야겠지요. 여기서 그치는 게 아니라 자신이 알아본 것을 글로 써보면 더 좋겠지요. 전에 말씀드린 것처럼, 글이란 자기 생각을 정리하는 좋은 방법이니까요. 이럴 때 '나는 저것을 안다'라고 할 수 있습니다.

여러분은 자기 자신에 대해 하루에 얼마나 오래 생각하십니까? 시험을 망치거나 먼저 다가간 이성한테 거절당했을 때 '난 역시 안 돼'라며 자신을 자책하긴 하지만 내가 어떤 사람인지에 대해 깊이 생각해보는 건 그리 자주 있는 일은 아닐 겁니다.

그런데 일기를 쓰면 어떨까요. 일기는 자신이 그 날 겪은 일과 그에 대한 자신의 느낌을 쓰기 마련이지요. 그 과정에서 우리는 자기 자신에 대해 생각해 봅니다. 자신이 한 일을 적고 왜 이랬을까 반성하고 스스로를 위안하고, 이런 과정을 통해 우리는 자기 자신을 알고 성숙해지고 성장하게 됩니다.

이 과정을 초등학교 때부터 쭉 해왔다면 자기소개서 쓰는 게 뭐가 어렵겠습니까? 또한 일기를 쓰면 자신이 겪은 일이 보다 선명하게 머릿속에 남습니다. '내가 예의바르다'는 근거를 찾기 위해 책상 앞에 앉아 머리를 쥐어뜯을 필요가 없다는 얘기죠. '그때 소풍 가서 있었던 에피소드를 쓸까? 아니면 가족 모임 때 이야기를 쓸까?'를 고민할지언정, 생각이 나지 않아 글을 못 쓰는 일은 없습니다. 또한 수년간 써온 일기는 자신의 글쓰기 실력을 향상시켜 주니, 자기소개서의 정해진 분량에 맞게 압축해서 자신을 표현하는 것도 그리 어려울 게 없습니다.

다들 알고 계시겠지만 대학에 가거나 회사에 들어갈 때 자기소개서는 꽤 중요합니다. 남들과 차별화된 자기소개서에 목 마른 곳이 많기 때문에 자기소개서를 잘 쓴다면 100미터 달리 기에서 남들보다 앞서서 출발하는 꼴입니다. 우리가 토익 점 수에 목을 매는 이유가 뭘까요? 남보다 단 몇 미터라도 앞서기 위해서가 아닙니까? 하지만 토익 점수로 앞서가는 거리가 잘 해야 10미터 내외라면, 글쓰기를 잘하는 건 남보다 30미터를 더 앞서는 길입니다. 게다가 토익 점수는 취업하는 순간에만 필요할 뿐 그 이후엔 그다지 소용이 없지만-토익 점수가 높다 고 영어 잘하는 거 아닌 거 아시죠?-글쓰기는 취업한 뒤에도 쭉 중요하답니다. 죽자고 토익 서적을 옆에 끼고 있는 것보다, 매일 30분씩 일기를 쓰는 게 훨씬 더 성공에 가까운 길이라는 얘기지요.

이 정도면 일기의 가치는 충분하지 않나요?

일기가 준
화해

―――――

내 아버지

아버지는 제게 늘 무서운 분이셨습니다. 아버지가 퇴근하고 집에 오시면 전 그때부터 두려움에 떨곤 했지요. 제가 밥을 빨리 먹게 된 것도 밥상머리에서 아버지가 저와 다른 식솔들을 야단칠 때가 많아서였어요. 빨리 먹고 튀던 습관이 몸에 배니, 나이가 들어도 고쳐지지를 않더군요. 제가 잘못해서 야단을 맞았다면 수긍할 수 있지만 전 그 시절 그냥 얌전한 아이였어요. 그래서 전 제가 야단맞은 날이면 늘 억울해했을 뿐 반성할 생각은 안 했습니다. 글쎄 이런 일도 있었다니까요.

4학년 때였나 5학년 때였나, 어느 날 아버지가 오시더니 저를 부르셨어요. 그러더니 이렇게 물으시더군요.

"민아, 너 마지막으로 맞은 게 언제지?"

그래서 제가 '지난주 목요일쯤 맞았다'라고 대답하니까 아버지가 이러셨어요.

"너 오늘 맞자."

제가 웃기려고 이러는 게 아니에요. 그때의 일을 저는 하루도 잊은 적이 없고, 지금도 그때 장면이 생생하게 기억나거든요. 이것 말고도 말하고 싶은 게 몇 개 더 있지만 그만하겠습니다. 물론 제가 야단맞은 게 다 억울하다, 이런 건 아니에요. 하지만 머릿속에 저장된 기억은 아버지가 저희한테 무서운 분이셨고 특히 저를 미워하셨다는 거예요. 제가 제일 야단을 많이 맞았다니까요.

얼마나 무서웠으면 저한테 틱장애가 생겼겠습니까? 비슷한 환경에서 자란 다른 형제자매한테 그런 게 없는 걸로 보아 그게 꼭 아버지 때문이라고 단정 지을 수 없지만 네이버를 보면 틱장애는 정서적으로 불안할 때 더 악화된답니다. 그러니 늘 공포에 휩싸였던 어린 시절의 경험이 틱장애를 유발시켰다고 해도 과언은 아닙니다. 그리고 그 틱장애는 아버지가 저를 더 미워하게 만든 한 요인이었지요. 가끔 이런 질문을 하는 사람이 있어요. 어린 시절로 돌아가면 뭘 하고 싶으냐, 같은 질문 말입니다. 그럼 저는 이렇게 답합니다. '그냥 죽을래.' 그만큼 제가 겪었던 어린 시절이 힘들었단 얘기지요. 그리고 그 큰 부분을 차지하는 게 바로 아버지였습니다.

나이가 들어서도 아버지는 늘 한결같으셨어요. 저희한테 무뚝뚝하셨고, 화도 자주 내셨어요. 말년에 아버지가 힘든 투병 생활을 하셨을 때 제가 정성으로 돌봐드리지 않았던 것도 어쩌면 제가 아버지를 마음속으로 받아들이지 못했기 때문일 겁니다. 신기한 일은 아버지가 돌아가셨을 때 제가 제일 많이 울었다는 거예요. 아버지를 미워했던 게 죄송해서일까요? 이유가 뭔지 저도 잘 모르겠네요. 언젠가 본, 제목이 기억 안 나는 영화에서 다음과 같은 대사를 들었습니다.

A: 아버지와는 별로 좋지 못했습니다.
B: 안 그런 사람도 있나요?

이 대사를 듣고 혼자 씩 웃었습니다. 아, 나만 그런 게 아니구나, 라는 안도의 웃음이랄까요. 따지고 보면 정도의 차이는 있을 뿐, 그 시절 아버지들은 대부분 그랬던 것 같습니다. 가족을 부양하려 애쓰다 보니 아들딸 돌보는 것을 소홀히 할 수밖에 없었지요. 그래서 자식들이 다 크면 아버지를 슬슬 피했고요.

이런 기억이 나네요. 제가 대학 때, 아버지가 저희한테 성묘를 가자고 하셨어요. 근데 아무도 안 간다는 거예요. 고등학교, 중학교에 다니던 남동생, 여동생이야 그렇다 쳐도 공부 안 하는 예과생이었던 제가 시험을 핑계로 거절을 한 건 좀 심했죠. 결국 아버지는 혼자 성묘를 가셨습니다. 가시면서 아버지가 이렇게 외치시더군요.

"나는 외로운 사람이다."

그 말이 오래도록 귓가에 남았어요. 그 당시엔 '아버지가 우리한테 잘 안 했으니 외로운 거죠'라는 생각이었는데 알고 보면 다른 아버지들도 거기서 크게 자유롭지 않았죠. 하지만 다른 아버지가 그랬다고 해서 제가 제 아버지를 마음으로 용서하고 넋을 기리게 되진 않더군요. 여전히 저는 무서운 아버지로 인해 어린 시절을 공포에 떨었던 가련한 피해자였으니까요.

그의 일기 1_ 내 기억의 왜곡

아버지가 돌아가신 지 한참이 지난 후, 그땐 제가 결혼해서 분가했을 땐데 옥상을 정리하던 어머니는 아버지가 쓰신 일기장을 발견합니다. "이거 어떻게 처리해야 하냐?"라고 저희한테 물으시더군요. 그러고 보니 아버지는 평생 일기를 쓰셨습니다. 아버지 서재에 가면 책상에 아버지가 쓰던 일기장이 항상 놓여 있었지요. 수십 년간 거르지 않고 쓰셨으니 몇십 권은

됐을 겁니다. 그걸 어떻게 해야 하는지 갑론을박 하다가 결국 어머니는 일기장을 처분하기로 하는데요, 그게 그렇게 사라지는 것도 아쉽고, 또 뭐라고 쓰셨는지 갑자기 궁금해져서 제가 두 권을 빼돌렸답니다.

집에 와서 일기장을 읽기 시작했습니다. 읽으면서 전 아버지가 그 많은 일기장을 그냥 놔두고 돌아가신 배경을 이해할 수 있었습니다. 아버지는 글씨를 정말, 그 누구도 따라갈 수 없을 만큼 못쓰십니다. 그래서 당신의 일기를 누군가가 읽으리란 생각을 못 하셨을 거예요. 저도 글씨를 못쓰는 편인데요, 아버지 일기는 도대체 알아볼 수가 없더라고요. 게다가 한자까지 섞어 쓰셨으니 해독이 여간 어려운 게 아니었어요.

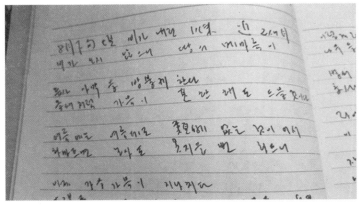

수십 년간 꾸준히 써 내려간 아버지의 일기

그래서 조금 읽다 때려 치웠는데 이 글을 쓰려고 당시 포기했던 아버지 일기를 다시 꺼냈습니다. 글씨는 여전히 해독불가였지만 자세히 들여다보니 어떤 패턴이 읽히더라고요. 그 패턴에 맞춰 더듬더듬 일기를 읽었습니다. 그 결과 다음과 같은 사실을 알게 됐어요. 일단 아버지가 저를 그다지 예뻐하지 않으신 건 맞아요. 일기장에 이런 한탄이 있었다니깐요.

"민이는 도대체 누굴 닮아서 저렇게 생겨먹었단 말인가!"

하지만 그 이유도 나와 있었어요.

…… 꾸부정하게 앉아서 한 번도 얼굴을 가만두지 못하고 눈, 입을 실룩거리니, 다른 사람이 저걸 무어라고 할까? 성격도 지나치게 내향적이어서 의사표현도 제대로 못 하는 것 같고, 다른 아이들과 어울리고 화합하지 못하고 걸핏하면 화를 내고 도무지 인내심이라곤 없다. 이놈의 성격을 어떻게 고쳐야 할런지 화부터 나서 저녁 내 나무라기만 하니 더 울화가 치민다. 심리학자에게 물어봐야 할런지.(1979년 7월 9일)

날짜를 보니 제가 중1 때네요. 이 일기를 보고 좀 놀랐습니다. 전 말이죠, 제가 어린 시절 착해 빠진 아이였는데 아버지가 괜히 저를 야단친 줄 알았어요. 그런데 일기를 읽고 난 뒤 다시 기억을 더듬어보니, 제가 장남으로서의 역할을 하기는커녕 피해의식에 사로잡혀 걸핏하면 화만 냈더라고요. 거기에 당시엔 공부도 못했고 틱장애까지 있었으니, 제가 아버지라도 예뻐하지 않았을 거예요. 얼굴은 좀 못생겼습니까? 물론 그게 맞을 이유까지 되진 않겠지만 제게 저 같은 아들이 있었다면 정말 속상했을 것 같네요.

기억의 왜곡은 더 있었습니다. 늘 아버지한테 야단만 맞은 줄 알았는데 그게 아니더라고요. 같은 해 9월의 일기입니다.

민이, 영이(남동생) 데리고 버스, 지하철 등을 번갈아 타며 서울운동장 야구장에 가다. 아이들의 우상인 김재박 선수의 플레이를 직접 보여주기 위한 의도에서였다. 또 야구장의 그 광활한 구장과 수많은 인파 속에서 보고 느끼는 것이 있을 것이라는 생각에서였다. 그러나 두 놈의 의견이 일치하지 못하여 과연 기대했던 성과가 있었을는지.

여기 나오는 김재박은 LG 감독을 지내며 '내려갈 팀은 내려간다', 일명 'DTD'를 만드신 그분입니다. 아버지가 저희의 우상을 보여주기 위해 야구장에 가셨었군요. 근데 제가 또 동생과 말다툼을 벌이느라 아버지를 실망시킨 모양입니다. 이것 말고도 아버지가 우리 가족과 함께 놀러갔던 일들은 여럿 있네요. 아버지 일기를 보니 '아, 맞아, 여기도 갔었지'라며 그때 일이 어렴풋이나마 떠오릅니다. 신기하죠? 왜 저는 아버지가 늘 저를 야단만 쳤다고 생각할 뿐 저랑 놀아준 기억은 다 잊어버린 것일까요?

그의 일기 2_ 존경을 바치며

일기에서 발견한 건 또 있었습니다. 당시 어지럽던 시국을 걱정하는 내용도 있었고, 또 저희를 키우는 것에 대한 고뇌도 있었어요. 하지만 마음이 아팠던 대목은 다음이었습니다.

요즈음 몸 컨디션이 별로 좋지 않다. 기력도 떨어지고 살도 더 빠지는 듯 봄에 입었던 하의가 커져서 못 입을 지경이다. "이놈의 당뇨야, 제발 사람 좀 살려라."(1982년 9월 27일)

아버지는 39세 때 당뇨에 걸렸어요. 원래 70킬로를 넘던 체중이 싹 빠져서 돌아가실 때까지 60킬로를 넘지 못했습니다. 키는 173센티였는데 말입니다. 그 당뇨가 아버지는 몹시 힘드셨나 봅니다. 이런 대목도 있어요.

허리와 다리가 몹시 아파 새벽 3시 30분에 저절로 눈이 떠졌다. 다리가 아프다 하니 현이엄마(누나의 어머니란 뜻)도 덩달아 깨어 다리를 주물러 주는 난리를 치르다. 여편네, 그것도 조강지처가 아니고서는 누가 이 같은 정성을 베풀 수 있으랴. 그래서 늙으면 늙을수록 여편네 없이는 못산다는 것이다. (1982년 11월 2일)

그러고 보니 제가 아버지 허리나 다리를 주물러 드린 적이 별로 없네요. 이렇게 아프셨는데 말입니다.
다음 대목도 안타깝네요.

뱃속이 좋지 않아 점심도 조금 먹었는데 그래도 상쾌하지 못하다. 근래 들어 조금만 음식이 과하면 특히 음주 후 취식만 하면 금세 뱃속이 좋지 않은 게 한두 번이 아니다. 비교적 튼튼했던 위장이 기력을 잃어가는 듯하다. 술, 담배를 드디어 끊을 때가 된 것인가? 큰일 났고 재미없는 일이다. (1983년 3월 4일)

당뇨가 더 심해져 몸이 안 좋으셨는데, 그리도 자주 술을 드셨던 겁니까? 아버지가 술, 담배를 완전히 끊으신 것은 당뇨가 악화될대로 악화돼 서울대병원에 입원하셨던 1992년에 이르러서였지요. 이 일기를 쓰던 1983년이라도 끊으셨다면 어땠을까 싶네요. 술, 담배를 끊는 것이 큰일 났고 재미없는 일이라고 하시다니, 이거이거 너무하신 거 아닌가요? 하지만 아버지의 마음이 이해가는 것이, 그 당시의 아버지보다 더 나이를 먹은 지금의 저도 건강에 악영향이 있는 짓을 수시로 하거든요. 어른이라고 꼭 합리적인 판단을 내리는 건 아니더라고요. 그로부터 두달 뒤 일기를 보자고요.

48회 생일이다. 어제 xxx의 일로 통음하고 새벽녘에야 귀가했다. 술에 만취하여 정신이 없었다. 아이들 보기가 민망하다. 그놈들은 생일 축하한다고 러닝샤스 등을 사고 건강에 유의해 달라, 술 담배를 끊어달라고 사연을 써놓고 나를 기다리고 있었는가 보다. (1983년 5월 15일)

이날뿐이 아닙니다. 술을 많이 마셨다는 식의 일기가 꽤 있네요. 그러지 않으셨다면 좀 더 오래 사실 수 있었을 텐데 말입니다.

그렇게 전 제가 빼돌린 일기 두 권을 하루 종일 읽었습니다. 글씨를 알아보느라 너무 애를 써서인지 멀미가 나더군요. 그래도 일기를 보는 일은 즐거웠습니다. 물론 좋은 얘기만 있는 건 아니었지만 그래도 그 일기엔 아버지가 있었습니다. 제가 잘 몰랐던 아버지가요. 아버지가 이때 이런 마음이었구나, 아버지한테 이런 적도 있었네, 이러는 동안 뭐랄까요, 그간 미움만 가졌던 아버지를 이해하고 경의를 표하게 된 것 같습니다. 예컨대 일기를 보니 제가 고등학교 시절, 아버지가 우환을 겪으신 적이 있더라고요. 저도 다 커서 알 만큼 알 나이였는데도 아버지가 그렇게 마음고생 하신 걸 전혀 모르고 있었네요. 저희가 알면 걱정할까 봐 티를 안 내시고 일기장에서만 "어떡하지?"라고 하셨던 모양입니다. 늘 무섭긴 했지만 이렇게 자상한 면도 있었구나, 했습니다.

좀 후회가 됩니다. 어머니가 일기장을 버리려고 하셨을 때 그러지 말자고 할걸요. 물론 두 권이나마 건져온 게 다행이긴 하네요. 그리고 전 그 일기를 통해 살아 있을 때보다 훨씬 더 아버지와 가까워진 느낌입니다.

이게 다 일기 덕분입니다. 일기에는 그 사람의 정수가 들어 있으니까요. 아버지, 보고 계신가요? 제가 아버지 일기를 우려먹으면서 책 열한 페이지를 썼어요! 다음 세상에서 만나면 그땐 제가 좀 잘 할게요!

참고 도서 목록

22쪽 《홍길동전》_ 허균 지음 | 김탁환 옮김 | 백범영 그림 | 민음사(2009)

23쪽 《양들의 침묵》_ 토마스 해리스 지음 | 이윤기 옮김 | 창해(1999)

《한니발》_ 토마스 해리스 지음 | 이창식 옮김 | 창해(1999)

24쪽 《해리포터》_ J. K. 롤링 지음 | 김혜원 옮김 | 문학수첩 (개정판 2014)

《아프니까 청춘이다》_ 김난도 지음 | 쌤앤파커스(2010)

30쪽 《난중일기》_ 이순신 지음 | 송찬섭 옮김 | 서해문집(2004)

《안네의 일기》_ 안네 프랑크 지음 | 홍경호 옮김 | 문학사상사(1995)

32쪽 《바람의 딸, 걸어서 지구 세 바퀴 반》_ 한비야 지음 | 푸른숲(2007)

38쪽 《열심히 하지 않습니다》_ 사노 요코 지음 | 서혜영 옮김 | 을유문화사(2016)

42쪽 《나의 아름다운 정원》_ 심윤경 지음 | 한겨레출판사(2013)

91쪽 《마크 트웨인 여행기》상·하_ 마크 트웨인 지음 | 박미선 옮김 | 범우사(2000)

122쪽 《하루 5분 아침 일기》_ 인텔리전트 체인지 지음 | 정지현 역 | 심야책방(2017)

156쪽 《누구를 위하여 종은 울리나》_ 어니스트 헤밍웨이 지음 | 김욱동 옮김 | 민음사(2012)

《무기여 잘 있거라》_ 어니스트 헤밍웨이 지음 | 이종인 옮김 | 열린책들(2012)

《카탈로니아 찬가》_ 조지 오웰 지음 | 정영목 옮김 | 민음사(2001)

157쪽 《아무도 미워하지 않는 개의 죽음》_ 하재영 지음 | 창비(2018)

158쪽 《칼의 노래》_ 김훈 지음 | 생각의 나무(2007)

《남한 산성》_ 김훈 지음 | 학고재(개정판 2017)

《태백산맥》_ 조정래 지음 | 해냄(2007)

《아리랑》_ 조정래 지음 | 해냄(2007)

159쪽 《마션》_ 앤디 위어 지음 | 박아랑 옮김 | 알에이치코리아(2015)

160쪽 《낮고양이 밤고양이》_ 김수지, 정미애 지음 | 살롱드수지(2013)

《우리 집에 온 길고양이 카니》_ 문영미 지음 | 이광익 그림 | 한겨레아이들(2011)

《고경원의 길고양이 통신》_ 고경원 지음 | 앨리스(2013)

165쪽 《도시는 무엇으로 사는가》_ 유현준 지음 | 을유문화사(2015)

168쪽 《화이트 래빗》_ 이사카 고타로 지음 | 김은모 옮김 | 현대문학(2018)

170쪽 《뇌의 배신》_ 앤드류 스마트 지음 | 윤태경 옮김 | 미디어윌(2014)

172쪽 《누구를 구할 것인가?》_ 토머스 캐스카트 지음 | 노승영 옮김 | 문학동네(2014)

《밥보다 일기》

서민 교수의 매일 30분, 글 쓰는 힘

초판 1쇄 발행 2018년 10월 29일
초판 3쇄 발행 2020년 9월 25일

지은이 서민
펴낸이 전지운
펴낸곳 책밥상
디자인 Studio Marzan 김성미
등록 제 406-2018-000080호 (2018년 7월 4일)
주소 경기도 파주시 문발로 197 우편번호 10881
전화 031-955-3189 **팩스** 031-955-3187
이메일 woony500@gmail.com

ISBN 979-11-964570-0-6 03800 ©2018 서민

이 도서의 국립중앙도서관 출판예정도서목록(CIP)은 서지정보유통지원시스템
홈페이지(http://seoji.nl.go.kr)와 국가자료공동목록시스템(http://www.nl.go.kr/kolisnet)에서
이용하실 수 있습니다.(CIP제어번호: CIP2018030818)